SÉCESSION BIS

DU MÊME AUTEUR,
DANS LA MÊME COLLECTION

La ballade de Tony Burden :

Mémoires d'un épouvantail blessé au combat.
Observation du virus en temps de paix.
Alabama, Un. Neuf. Neuf. Six.

PIERRE PELOT

SÉCESSION BIS

COLLECTION « ANTICIPATION »

FLEUVE NOIR

6, rue Garancière — Paris VIe

ISBN 2-265-03654-4

PROLOGUE

On ne résume pas en quelques lignes, en quelques mots, ces événements qui se succédèrent depuis le mois d'août 1996, pour en arriver à la situation présente de fin décembre de cette même année : cet état de *guerre* qui opposait une fois de plus le Sud des Etats-Unis au Nord, et qu'ils appelèrent « Sécession Bis ».

Tout au plus, peut-on tenter de remonter la filière, d'établir une sorte de récapitulation des faits significatifs qui amenèrent à l'explosion. Tout au plus, peut-on faire ce que fit un dénommé Mat Pealbean, qui se crut malin en jouant les détectives et en perdit la vie.

Et voici ce que fut la fin de la vie de Mat Pealbean, obscur représentant de commerce marron, petit escroc à la vente au porte-à-porte et occasionnellement dealer.

Un jour, alors qu'il croyait fuir à la fois une police lancée à ses trousses par ses employeurs qu'il avait escroqués, et *aussi* la vengeance des malfrats vendeurs de came qu'il avait *également* escroqués, Mat Pealbean souleva un méchant lièvre. Il se trouvait à quelques *miles* d'un bled perdu d'Alabama quand il entendit parler de l'histoire, et cette histoire lui en rappela d'autres, semblables, qu'il avait lues dans les faits divers des journaux, ici et là, au moins dans cinq Etats, sur son chemin de voyageur commercial.

Cela dessinait comme une véritable chaîne. Personne ne semblait en avoir relié les maillons.

Ces maillons étaient des cas de folie furieuse qui éclataient soudainement, se soldaient par des morts violentes, des massacres, parfois, avec ceci de particulier : dans tous les cas, les responsables de ces faits divers gueulaient des propos incohérents et idiots ; ils avaient l'air de se croire au pôle Nord, ils braillaient de froid et affirmaient qu'ils étaient forcés d'agir comme ils le faisaient pour sauver le pays et même sauver ceux qu'ils massacraient.

Le lien entre tous ces maillons était le passage dans la place d'un vieux type, un peu avant que le malheur frappe.

A Barlow Bend, ce vieux type qui devait s'appeler Burden était passé, une fois de plus, et avait travaillé un temps dans cet élevage de lapins où, comme par hasard, un peu après, deux cinglés qui s'imaginaient au pôle s'étaient entre-tués.

Mat Pealbean avait un trop grand nez, qu'il planta beaucoup trop profondément dans cette histoire. Et il se dépêcha d'aller raconter ses soupçons à un journaliste, en l'occurrence Barney Combes, de la N.T.V.-A.C. de Grove Hill, qui avait « couvert » l'information des deux cinglés de l'élevage de lapins. Il l'obligea à filmer sa déposition, puis disparut, se réfugia dans un hôtel en attendant que le journaliste puisse vérifier l'information avant de la divulguer. De cet hôtel, il appela le journaliste au secours, quand il s'aperçut qu'il avait été découvert par un type douteux qui le pistait depuis le lieu du massacre. Et Cobes arriva trop tard, avec son cameraman. Trop tard pour Pealbean, que son suiveur avait déjà descendu. Mais Cobes filma la propre mort du type, son suicide sur la porte de l'hôtel dans lequel il avait, en plus de Pealbean, assassiné quelques clients. Dans la poche du type — cela aussi fut filmé — Cobes trouva la photo du vieux Burden.

Le lendemain, il diffusait le tout — et la

cassette des « confessions » de Pealbean. L'hypothèse de Pealbean était qu'une espèce de virus tombé de quelque part, venu d'on ne sait où, ravageait le Sud, touchant des gens qui se prenaient alors pour les défenseurs de l'Etat, quelque part au pôle, et tuaient au nom de quelque mission qu'ils étaient forcés de remplir (1).

Quelques jours plus tard, c'était le blocus décrété, et onze Etats et demi du Sud étaient isolés.

(1) Lire : Alabama, Un. Neuf. Neuf. Six.

CHAPITRE PREMIER

On prétend que l'Histoire se répète, dit l'homme après avoir fait glisser sur son cou cette espèce d'entonnoir de cuir et de métal qui formait la base de son masque, en un geste rappelant celui d'un footballeur émergeant de son protège-face ; il conviendrait peut-être de dire plus exactement qu'Elle bégaie.

Cette fois, la ligne de partage (comme on disait : La Ligne, ou Le Front, ou La Démarcation) suivait le cours du Potomac jusqu'à la frontière entre les États de Pennsylvanie et de Virginie Occidentale, puis le fleuve Ohio sur toute la longueur de son trajet jusqu'à son point de jonction avec le Mississippi ; elle remontait celui-ci pour, coupant l'Etat homonyme en deux, suivre le Missouri, redescendait plein sud le long de la frontière d'Etat, celle de l'Arkansas aussi, et finissait par englober le Texas. Ce qui faisait deux Etats et demi de plus pour ce vieux Sud une fois encore transformé non seulement en pays ennemi mais, pratiquement, en ghetto. Ou peut-être quatre Etats et demi : la situation du petit Maryland tout entier se confondait avec celle des régions frontalières nordistes, une large bande de territoires transformés en quelque chose de confus qui n'appartenait plus à rien de précis — c'est-à-dire ni le Nord ni le Sud —, sinon l'armée.

Cette fois, en ce mois de décembre 1996, nul général Beauregard pour tirer sur quelque Fort Sumter le premier coup de canon qui offrirait au Nord l'occasion de prétendre la guerre déclarée. Pas davantage de combats, de rencontre entre deux armées ; pas de Bull Run qui eût permis au Sud de crier victoire.

C'était bien différent. Sécession bis, peut-être, mais sécession forcée, imposée. En vérité, le terme était impropre, car ils n'en avaient rien décidé de leur plein gré — ni les représentants politiques des Etats, ni le peuple : et même : un certain nombre de gouverneurs se trouvaient dans le Nord quand la chose fut déclarée, un certain nombre de natifs et de personnages importants aussi, et ils y restèrent... pour beaucoup avec leur famille, comme par hasard : s'ils avaient manifesté l'intention de rejoindre leurs quartiers résidentiels de Georgie, Caroline, Mississippi, Louisiane, etc., nul doute qu'on le leur eût interdit, mais ils n'en manifestèrent pas l'intention...

La décision fut prise à Washington. L'ordre donné exécuté dans les heures qui suivirent, les forces armées nationales prenant position le long du Front, de La Ligne qui suivait un tracé plus ou moins arbitraire, plus ou moins sûr, entre les territoires jugés d'ores et déjà contaminés et ceux qu'on espérait ne pas l'être encore, bien que sur ce point, le terrible doute, l'incertitude la plus complète, contaminaient par contre aussi bien les assiégeants (ou les « protégés ») que les assiégés (ou « pestiférés »), avec une simple différence de texture dans ce doute et cette incertitude tissés comme un vaste filet tendu sur tout le pays : au nord, ce n'était que de la peur, au sud du ressentiment, comme un levain vengeur et empoisonné, qui transformait l'hypothèse de la contamination généralisée en conviction amère et désespérée.

On avait décidé pour eux ce qu'ils appelaient « Sécession ». Le terme juste était plutôt « blocus », ou « quarantaine ».

Ghetto. Goulag. Isolation. Emprisonnement. Il y avait des centaines de mots, probablement, plus adéquats que celui qu'ils adoptèrent, presque instinctivement, normalement. Ce mot qu'ils choisirent en le tirant du fond d'eux-mêmes, comme s'il attendait là, caché en chacun d'eux, même ceux qui se fichaient bien de l'Histoire, le mot qui attendait comme une graine en sommeil. Ils le choisirent, et même si c'était un mensonge, parce qu'ils ne voulaient pas mourir en silence, qu'ils préféraient être vaincus comme des combattants d'une cause perdue (une de plus, une de ces chères causes perdues dont le pollen ensemence irrémédiablement l'âme de tout Sudiste), plutôt qu'en vulgaires *condamnés* silencieux et résignés.

Fin novembre, le scandale avait explosé. Davantage qu'un « scandale » (le scandale, c'était juste bon pour un Watergate, un Irangate « quelconque », une magouille politicienne ordinaire dont on soupçonne le ferment quotidien occulte, pour laquelle on se fâche quand elle éclate au grand jour, qu'on pardonne et oublie, réversible au point de devenir une preuve manifeste du bon emploi de la démocratie et des libertés, dès qu'un coupable demande pardon en public et se révèle assez bon comédien pour faire passer sa bonne foi dans le cœur de quelques millions de citoyens-midinettes) : une abomination. Une abomination, oui. La gueule ouverte du fléau.

Le « Nouveau Sud », emprisonné par l'armée, ses chars et véhicules lance-missiles, ses fusils, côté terre, par la flotte de combat et tout un réseau de mines tendu le long de ses côtes — sans parler d'une autre armée sur la frontière du Mexique —, se trouvait dans la gueule du fléau. Pour certains, pour beaucoup, les indicibles mâchoires s'étaient déjà refermées, la gueule était close, il ne s'agissait plus simplement d'une gueule mais d'un ventre, en train de digérer déjà.

Paradoxalement (mais les paradoxes, à force de se compter comme des bornes dans l'Histoire d'un pays ou d'un peuple, peuvent-ils encore être nommés ainsi ?), c'était au cœur du Sud, en Alabama, que la mèche de cette bombe dont l'explosion devait produire l'effet actuel avait été allumée. En Alabama, par un journaliste d'une station de T.V. locale de Grove Hill, qui s'appelait Barney Cobes, et dont le nom devint célèbre dans le monde entier aussi rapidement qu'il retomba dans l'oubli, comme écrasé par le poids monstrueux de ces révélations dont il fit le cadeau empoisonné à son pays, à ses télespectateurs et citoyens (1).

Mais il ne s'agissait pas d'une « Sécession bis ». L'armée était en place aux frontières du périmètre soi-disant contaminé, elle se trouvait également à l'intérieur. Une armée équipée de ces tenues fantomatiques qui sont l'uniforme de la guerre bactériologique.

Ils n'avaient pas crié au mensonge, à la folie. Dans la journée de la diffusion de l'information par N.T.V.-A.C., cent autres chaînes prenaient le relais, fédérales, locales, mais aussi internationales. Le type qui avait éliminé Pealbean et s'était suicidé devant la caméra de Cobes, qui avait sur lui une photo de Burden, ce type qui avait montré cette photo à tous ceux qui voulaient la voir à Barlow Bend, qui avait passé un jour à l'élevage de lapins sous prétexte qu'il recherchait son père, le vieux prétendu amnésique, ce type faisait partie des services secrets de l'armée. De la défense. De la recherche.

Burden — Antony Burden — était un vétéran de l'armée. Un dur à cuire, une de

(1) Voir : Alabama, Un. Neuf. Neuf. Six.

ces taupes de la guerre froide qui passent leur vie « en mission » dans toutes sortes de points chauds du globe où les intérêts politiques (ou autres, mais cela revient au même) du pays risquent d'être mis en danger. A la fin de sa carrière, il avait passé quelque temps dans un home pour vétérans, près d'Ozark, Missouri. Aux environs duquel pour la première fois, en août, des gens se mirent à devenir fous et à tuer en croyant qu'ils se trouvaient au pôle.

On prétendit — c'était la version numéro un de l'affaire — que ce home (V's Home) n'abritait pas n'importe quels vétérans. Principalement ces « taupes » — ou encore ces « épouvantails », comme ils se nommaient eux-mêmes : « On était des épouvantails, plantés là où on était pour éloigner les sales oiseaux et protéger les graines qui avaient été semées... »

On prétendit aussi que ces vétérans, pour la plupart vétérans avant l'heure en raison de forts traumatismes psychologiques subis en mission, servaient à leur insu de cobayes pour des recherches neuro-biologiques. Des recherches sur la mémoire. On prétendit qu'un virus « manipulé » sur lequel avait été greffé une sorte d'implant de base biochimique de la mémoire d'un de ces vétérans choqués s'était échappé. Une mémoire folle. Que Tony Burden — dont la trace du passage partout où s'étaient ensuite développés des cas de folie homicide *polaires* se vérifia effectivement —, en fuite pour avoir sans doute compris trop tard ce qui se passait, véhiculait et propageait.

Mais cette mémoire n'était pas la sienne. Un vétéran du nom de McTombe, Collin McTombe, se *suicida* en août au V's Home d'Ozark, un peu après la première affaire de folie qui éclata à Chadwick, un village proche. McTombe était allé au pôle, en mission de « protection », à la base américaine de Thulé. Et tout le monde savait, n'avait pas oublié, qu'un jour les installations de la base avaient sauté, ce qui avait permis d'accuser le contre-espionnage soviétique, pendant un temps... un temps très court, avant que l'actualité balaie cet événement.

La « mémoire folle » se baladait dans le Sud. Elle pouvait contaminer tout le monde et n'importe qui, au hasard, épargnant celui-ci plutôt que celui-là. C'était, là au moins, une certitude (1).

La seule certitude.

(1) Lire : Mémoires d'un épouvantail blessé au combat. Observation du virus en temps de paix. Alabama. Un. Neuf. Neuf. Six.

Quant au reste, l'hypothèse McTombe et Burden, elle était acceptée dans mille et une versions, ou rejetée. Elle avait le terrible poids écrasant de la vérité qu'on préfère ne pas admettre, sous peine de dévoiler et d'être écrasé plus profondément encore par d'autres vérités innommables. Une autre version, en contre-attaque, chercha à prétendre que ce virus, s'il existait bel et bien, avait été non pas créé et malheureusement incontrôlé par un laboratoire caché de la Recherche au service de l'armée, mais *saupoudré* (volontairement ou non) par un de ces innombrables satellites, ou avions, *ennemis* qui traversaient le ciel en permanence. On tenta d'en faire une menace planétaire (c'en était une, bel et bien !) non pour tenter d'engager une lutte contre l'étrange et abominable maladie, mais pour rallier le reste du monde à la cause américaine, contre *l'ennemi* — qui n'attendit pas davantage pour se nommer lui-même et réagir avec tous les arguments nécessaires pour convaincre de son innocence.

La seule certitude.

Il n'y avait sans doute plus guère que dans le Sud en quarantaine, coupé du reste du pays comme du reste du monde, que l'on trouvait encore suffisamment de fous crédules, attachés à cette idée d'agression soviétique, pour former des bandes et des milices de défense dérisoires, lancées contre le blocus, en lutte avec les éléments de l'armée, décidées à agir en obligeant le gouvernement à « prendre les mesures qui s'imposaient » contre l'agression étrangère.

Ce n'était pas simplement la «mémoire folle » qui tournoyait dans le Sud séquestré : c'était la folie totale, complète, qui peut tout à coup se répandre dans un hôpital dont les malades et le personnel se savent condamnés, sacrifiés.

Et le monde, tout à coup, pour la première fois, prenait racines aux frontières brutales que dessinait ce blocus. Et de ce monde, rien ne filtrait, sinon des informations en forme d'ordres, auxquels on ne voulait ni croire ni obéir. De ce monde, on ne savait rien, plus rien, sinon qu'il existait aussi fort que pour un prisonnier l'extérieur et la liberté existent. Sinon que le monde était épargné pour un temps.

Et c'était le début de décembre, et votre sœur, votre mère, votre voisin, pouvait fort bien tout à coup se dresser en criant qu'il faisait froid, trop froid : vous n'aviez pas à vous poser le terrible problème de savoir s'il convenait de l'abattre séance tenante : il (elle) s'en chargeait. Vous n'aviez qu'à prendre vos jambes à votre cou.

En attendant que le premier frisson vous touche à votre tour... et que vous vous mettiez à croire que pour sauver votre peau et celle de vos concitoyens, il fallait en passer par le sacrifice de vos amis les plus chers, soupçonnés en vrac de traîtrise et d'intelligence avec l'ennemi, quelque part dans les glaces du pôle...

Non : le terme « Sécession » n'était pas le bon.

— Comment vous avez fait, grand-père, pour ne rien savoir de tout ça ? dit l'homme après avoir parlé longtemps, comme s'il avait passé toute sa vie à attendre le moment où il pourrait raconter une pareille histoire à quelqu'un enfin.

Il avait tripoté l'embout de son masque tout en parlant, pour changer la pastille incluse dans le filtre. Il avait l'air d'avoir une sacoche pleine de ces pastilles. Son système de filtrage semblait vaguement coincé, gauchi. Cela provenait sans doute du coup qu'il avait reçu et qui lui avait ouvert la pommette. Le sang coulait sur toute sa joue, et dans le col de son blouson.

— Ma foi, dit le vieux, j'en sais trop rien. J'arrive pas à comprendre, ni à vous croire, en fait.

— Bordel, dit posément l'homme. Pas

me croire ?... Regardez autour de vous, grand-père.

Mais le vieux n'en prit pas la peine : il avait déjà vu tout ce qu'il y avait à voir. Ou alors, pour l'instant, il préférait attendre...

— Qu'est-ce que vous allez faire, à présent ? demanda le vieil homme en louchant sur la blessure de l'autre, sur ses mains qui tripatouillaient encore le masque filtrant, sur son fusil aussi.

— Nom de Dieu, j'en sais rien. Je réfléchis, déjà...

Et c'est ce que le type affublé de cette curieuse tenue de combat parut faire, un instant. Puis il hocha la tête.

— Je m'appelle Divirtt, avec deux « t », dit-il.

Comme si sa réflexion avait abouti à cette seule conclusion, pour l'instant.

— Moi, j' dirais que le mieux, ce serait d'essayer de se tirer d'ici, proposa le vieux. J'ai ma voiture, quelque part, à l'aut' bout de cette ville.

— Si vous appelez encore ça une ville, dit Divirtt-avec-deux « t ».

Dans tout ce sang qui lui maculait le visage, il parut soudain s'illuminer, comme si la proposition du vieux parvenait seulement à son cerveau, et à ce point précis du cerveau qui met en branle le processus de compréhension.

— Foutre le camp d'ici, nom de Dieu, oui ! dit-il. C'est quoi, votre nom à vous, grand-père ? (Il n'attendit pas de réponse et poursuivit sa tirade :) Je monterai avec vous, mais vous me touchez pas, d'accord ?

— Je vous touche pas ?

— Vous posez pas la patte sur moi, grand-père. Pour la contamina...

Il s'interrompit, sourit, hocha la tête.

— On dirait bien que c'est un peu tard, non ? fit le vieux dans un sourire en coin, à peine moqueur. Si j' vous avais pas sacrément touché, bon sang, vous seriez pas là à m' demander de pas l' faire.

— C'est comment qu'on vous appelle, grand-père ? demanda Divirtt.

— Torpe, Timmy Torpe, répondit Tony Burden entre ses dents.

— D'accord, grand-père, dit Divirtt. Content de vous avoir rencontré, parole.

CHAPITRE II

John T. Divirtt pouvait être content d'avoir « rencontré » le vieux bonhomme ; il en était conscient et savait au moins ceci : sans son intervention, toutes les chances qu'il avait de fêter dans deux jours son vingt-neuvième anniversaire seraient tombées là, dans une rue de la périphérie de Tutwiler, comté de Tallahatchie, Mississippi. Ce qui, bien entendu, ne signifiait pas qu'il pourrait néanmoins fêter cet anniversaire, en compagnie ou non du vieux. D'ici là, cela faisait encore deux jours, ce qui pouvait aussi bien prendre l'allure de deux mois. Depuis un moment, John T. Divirtt (avec deux « t ») avait quelque peu perdu les pédales et ne savait plus très bien comment il vivait. Le jour et la nuit s'interpénétraient de façon plus que chaotique et le temps semblait ne plus vouloir couler bêtement au long de ce fil qu'il est censé se tisser dans la plus parfaite et sereine imperturbabilité. Le temps se comportait comme la rondelle d'un yoyo manipulé par un gamin excité. Ou comme n'importe quoi se balançant au bout d'un élastique.

Par exemple, cela faisait douze jours que le groupe avait quitté Vicksburg (Mississippi), après le coup de force spectaculaire dans le Vicksburg National Military Park. Douze jours, pour ce trajet de Vicksburg à Tutwiler, c'était impensable. En d'autres temps, au volant de sa Ford Cap, il aurait tiré ce parcours en quelques heures, et sans presque jamais dépasser les limitations de vitesse, encore — c'était faisable, pour peu qu'aucun flic à la gomme ne vous tombe dessus.

Seulement voilà : précisément, c'était en d'autres temps. Jamais le terme, jusqu'alors, n'avait paru signifier une aussi juste réalité pour Divirtt.

Désormais, il pensait « avant la Sécession » et « depuis la Sécession » (il employait ce mot — sécession —, mentalement et oralement, comme tous autour de lui, et sans se préoccuper d'être convaincu qu'il se fût agi du bon mot... ou, plus exactement, il faisait sans doute partie de ceux qui ne s'étaient pas posé de questions à ce propos et ne s'en poseraient pas).

« Avant la Sécession », les jours coulaient comme ils peuvent le faire pour un employé de station-service Tax sur la 61 au nord de Vicksburg, partagés entre le boulot, les soirées bières et putes, la télé, les virées du week-end vers le Delta, les réunions et patrouillages de l'American White Way. Tous ces pare-brise qui défilaient uniformément constellés d'impacts de chiures d'oiseaux et d'insectes écrabouillés, qu'on tartine d'eau savonneuse, derrière lesquels ces sacrées bonnes femmes vous lorgnent comme si elles avaient mille idées en tête et connaissaient la seule et unique qui emplit la vôtre, quand vous ne pouvez pas vous empêcher de regarder ces genoux ou ces cuisses sur lesquels elles ne prennent même pas la peine de rabattre leur robe, etc., et même derrière leurs lunettes solaires, *ça* se lit… et hop, en trois coups de raclette et deux allers-retours de peau de chamois vous vous efforcez d'effacer tout *ça*… Tous ces réservoirs dans lesquels on plante le tuyau en appuyant sur la poignée-détente ; plus la peine de regarder le compteur à la pompe : au bruit, ou à Dieu sait quoi d'autre qui forge ce qu'on appelle communément l'habitude, vous savez… Toutes ces soirées dans les deux ou trois bars où, par une autre forme d'*habitude* vous vous sentez davantage chez vous que chez vous (ce qui n'est pas peu dire et, d'une certaine façon, plus affligeant que tout !), avec la gueule du barman comme celle d'un frère avec qui vous ne seriez pas obligé de partager une chambre ou les repas familiaux du dimanche, ou le respect filial à l'égard de parents inexistants... avec les sourires de Lorie, Martha, Maureen, qu'on voit changer et tomber au fil des heures, comme s'ils coulaient de leurs lèvres rouges et de leurs yeux, pareils à un mauvais maquillage qui fout le camp, jusqu'à ce point où ça a tellement foutu le camp qu'on sait que ce n'est plus la peine, que c'est gâché, qu'il y aura trop de sueur dans tout ça, que ce n'est pas leurs trop lourds nichons tremblants qu'elles promènent dans des décolletés fatigués, ni les bourrelets visibles sous la robe ajustée ou à la ceinture du jean moulé, au-dessus de ces culs qu'elles balancent par *habitude,* qui changera quoi que ce soit à l'affaire — et tu te dis : autant vouloir prendre du plaisir en changeant une vieille chambre à air avec les doigts, sans démonte-pneu. Etc.

Tandis que « depuis la Sécession », depuis ce sacré jour où l'information reprise d'une chaîne locale d'Alabama avait déferlé... depuis cette effervescence dans le camp de Vicksburg National Military Park, les premiers départs de convois d'une partie de l'effectif (et cela n'avait pas la couleur d'un exercice habituel !), tandis que ce qui restait sur place avait l'air à la fois totalement désorienté et décidé à *faire la guerre*... depuis l'annonce de la mise en quarantaine du Sud... Nom de Dieu ! à peine reçu ce coup de massue gigantesque qui avait écrabouillé sans pour autant mettre k.-o., ç'avait été autre chose !

C'était autre chose.

Un tourbillon, un ouragan. Mais cette fois, il n'y avait pas à fuir la tornade d'hiver, il n'y avait pas à s'en protéger, comme des gamins tremblants, en l'écoutant mugir, claquemurés derrière les volets de fer de la maison secouée. La tornade, c'était eux. C'était à l'intérieur d'eux-mêmes qu'elle braillait. Dans leurs veines que rugissait le raz de marée.

Ils pouvaient bien tous s'effondrer sur place, devenir dingos, chier dans leur froc, si c'était la seule façon qu'ils avaient trouvée de réagir, tous ceux qui n'avaient pas suffisamment de couilles pour prendre les choses en mains, tous ceux qu'il suffisait de pousser un peu, rien qu'un peu, pour aller lécher le cul des nègres ou des communistes et catholiques de tout acabit — tous ces connards qui ne méritaient finalement pas autre chose... car il y en avait, même à Vicksburg, il y en avait un peu partout, de ces progressistes à la noix trop cons pour voir que ce qu'ils prenaient naïvement pour les idées originales n'était rien de mieux que le signe précurseur de la déchéance frappant non seulement le Sud mais le pays tout entier. A présent, brusquement — brutalement —, le stade des signes précurseurs était révolu. Voilà à quoi toutes ces manigances et cette époque de fatras, de cafouillage, avaient mené. Voilà le résultat.

Un virus qui semait la folie meurtrière.

Cette fois, rien d'une métaphore. Les faits. La réalité.

Qu'ils chient donc dans leur froc et s'étouffent dans leur merde, tous ces pédés, toutes ces pouffiasses, nés pour être victimes et artisans aveugles de leur destin.

Mais pas eux. Pas les membres de l'A.W.W. de Vicksburg. Pas John T. Divirtt qui en faisait partie depuis cinq ans, après avoir hésité un temps et failli opter pour le Klan. (Mais le Klan, son côté néonazi avoué, leurs vieux discours, leurs émissions TV super-shows un peu ringardes, uniformes carnavalesques et tout le reste... cela datait : une image dépassée, surannée, au fond, qui n'était plus accordée au vrai problème et leur faisait plus de mal que de bien. Pas assez efficace, le Klan. Trop démonstratif, trop dangereusement inefficace, en vérité .)

D'ailleurs, où est-ce qu'ils étaient, les foutus K.K.K. ? Où est-ce qu'ils défilaient, dans quelles rues, dans quelles villes ? Est-ce qu'ils se contentaient d'enfiler leurs cagoules en forme de cornets de glace, pour ne pas respirer l'air ambiant et éviter d'inhaler le virus ? Les pauvres K.K.K. Bien capables, pour toute réaction, d'en profiter pour aller casser un peu de négro dans le fond de quelque bidonville ou dans un trou perdu au milieu des marais du delta.

Divirtt n'en avait pas vu un seul de ces chapeaux pointus, durant ces douze jours de trajet. Sur aucune des routes qu'ils avaient empruntées, que ce soit en pleine cambrousse ou ailleurs. En vérité, il n'avait guère pris le temps de chercher. Il y avait mieux à faire.

Il y avait à rassembler une armée, à soulever un pays entier et à faire craquer ces frontières, ces murs d'une vaste prison que des salauds de Yankees avaient dressés. Casser la prison dans laquelle on voulait les faire devenir fous et les regarder crever.

Le raid nocturne sur le dépôt de Vicksburg National Military Park leur donna l'élan nécessaire. Juste le bon coup de pouce, ou le coup de pied au cul nécessaire. L'impression de *pouvoir faire quelque chose.* A n'en pas douter, ce qui restait de l'effectif cantonné dans le parc militaire ne s'attendait pas à une telle action. S'ils avaient reçu des ordres (ils en avaient très certainement reçu), ce n'était pas de se préparer à soutenir un siège ou repousser une attaque de la population, ni rien de ce genre. On peut sans doute se dire que bon nombre d'entre eux se demandaient en priorité pourquoi ils ne faisaient pas partie des heureux favorisés qui avaient quitté l'enceinte. Comme par hasard, la plupart de ceux qui restaient formaient les effectifs purement sudistes du camp. (Ce qui ressemblait, a priori, à une belle erreur... à moins bien sûr qu'il ne s'agisse d'un calcul plus sournois, composante logique d'un programme qui n'était pas loin, alors, de mériter l'intitulé de génocide...) Qui sait, tous ces types abandonnés sur place, sur le pied de guerre et avec mission de se tenir prêts à maintenir l'ordre (quel ordre ? Quels ordres ? Donnés par *qui ?*), commençaient peut-être déjà à se dire que le mieux qu'ils eussent à faire était de laisser tomber armes et bagages pour rentrer chez eux voir de plus près ce qui s'y passait.

Mais le commando A.W.W. ne se posa pas la question, ni ne prit le risque, probablement un rien trop téméraire et prématuré, de la poser à ceux qu'ils cambriolèrent. Tout ce qu'ils firent, John T. Divirtt était du nombre, consista à neutraliser pendant une demi-heure le système de sécurité périphérique, par l'intermédiaire d'une panne d'électricité provoquée, qui, en d'autres temps, eût été localisée et maîtrisée en cinq minutes, mais que l'atmosphère de panique du moment prolongea au-delà de toute espérance. Une demi-heure, c'était deux fois plus qu'il ne fallait au commando pour assommer quelques sentinelles désorientées, faucher des équipements de « survie » adaptés — de quoi résister à toute offensive bactériologique de « l'ennemi » — et des armes.

Pour les véhicules, ils avaient ce qu'il fallait.

Ils étaient une cinquantaine en quittant Vicksburg, dans le courant de cette fameuse nuit — juste le temps de se regrouper après leur exploit.

Si c'était un exploit — et pas un des cinquante qui formaient ce groupe de la Mississippian Wave (!) ne considéra l'événement, en son for intérieur, un poil au-dessous de cette valeur —, ce fut le seul. Ils ne laissèrent fuser leur enthousiasme bouillonnant qu'une fois le matin venu, à quelques *miles* de Vicksburg (quelques *miles* seulement, qu'ils avaient parcourus à l'allure d'une procession funéraire, comme s'ils avaient d'ores et déjà tout naturellement pris le tempo qui devait être celui de leur « percée » vers le nord, partagés entre la prudence et l'essentielle nécessité (doublée d'ailleurs de l'impossibilité) de ne pas filer comme des flèches s'ils voulaient trouver les occasions souhaitées de rameuter les innombrables volontaires convaincus qui n'allaient pas manquer de grossir leurs rangs), mais sitôt après, dans le jour rose de l'hiver mississippien, il leur parut plus raisonnable de ravaler toute démonstration expansive.

Les routes grouillaient d'une foule de véhicules disparates, qui avaient cette particularité bizarre de rouler au pas tout en ayant l'air de n'avoir envie que d'une chose : foncer. Le problème étant que chacun de ces conducteurs semblait totalement ignorer vers quoi et vers où foncer. Certainement pas vers ce but que s'étaient fixé les cinquante guérilleros de l'A.W.W. Et John T. Divirtt le comprit après avoir personnellement essuyé ce qui ne pouvait s'appeler qu'un refus désintéressé, en réponses (que traduisaient la plupart du temps des visages ahuris, quelquefois des insultes) à des nombreuses exhortations lancées par la portière tandis qu'ils remontaient une file qui se mouvait à une allure encore plus lente que la leur. Cela n'avait rien de cette circulation routière bouchonnante qui encombre les routes au matin, habituellement composée de conducteurs solitaires dans leur véhicule, portés vers leurs bureaux au moins autant par les effluves musicaux échappés des autoradios que par les roues de leurs Cadillac. Ici, tout ce qui roulait était rempli d'individus de tous âges, aux mêmes regards fascinés.

Elle était là, qui se déroulait comme un immense python, cette foule d'assistés et de victimes — tous ces chieurs dans leur froc. Sous leurs yeux de combattants sortis tout droit d'un exploit guerrier nocturne. Non pas quelques-uns, ici et là : une vraie foule. En vérité, la plus immense foule jamais vue par John T. Divirtt sur un axe routier. A la tête et au silence de ses compagnons, à leurs injures marmonnées entre leurs dents aussi, il était plus qu'évident qu'ils n'avaient jamais rien vu de tel eux-mêmes.

Ils étaient donc les seuls à ne pas participer à cet exode de lemmings. Les seuls à se trouver là pour une tout autre raison que la peur, l'hébétude.

Ils quittèrent le flot, après avoir stationné pendant une heure ou plus à hauteur d'un embranchement propice, immobilisés dans un fantastique embouteillage. Et après avoir compris surtout les raisons de cet embouteillage : à un *mile* en amont (dit la rumeur qui courut comme une vague sur le troupeau de lemmings immobilisé), il y avait un barrage dressé par l'armée. On essayait de refouler la migration.

Cinquante, c'était encore trop peu pour se frotter aux forces de l'armée. Même cinquante qui venaient tout juste de remporter une première victoire sur l'ennemi : cet ennemi-là.

Ils prirent donc les routes secondaires, firent détours sur détours, évitant ces encombrements qui persistaient au fil des jours le long des grands axes, ainsi que les mouvements de troupes et les barrages de l'armée des Etats-Unis d'Amérique.

En douze jours, épuisés par le trajet comme par le poids de l'enthousiasme retombé sur leur exploit nocturne du départ, les nombreux volontaires convaincus à leur cause qu'ils recrutèrent et embarquèrent portèrent leur effectif à cinquante-sept. La moitié, c'est-à-dire quatre, ne possédant ni arme ni voiture, sautèrent comme de vulgaires auto-stoppeurs dans les caisses ouvertes des pick-up de fin de colonne. Deux autres roulaient dans une Buick antédiluvienne et paraissaient saouls comme il était difficile de croire qu'ils puissent encore conduire. Mais ils le pouvaient, et ils avaient des armes. Ils n'avaient pas vraiment l'air de savoir où aller ; quand un de la troupe leur eut dit le but de l'équipée, ils affirmèrent en bafouillant un peu, mais les yeux allumés par une fièvre soudaine, que c'était aussi le leur — et se joignirent donc à la Mississippian Wave. Ce devait être aux alentours du sept ou huitième jour.

Le neuf ou dixième, ils tombèrent dans une embuscade des forces régulières de l'Armée (ce qu'ils nommèrent une embuscade : il est douteux que les soldats se soient trouvés là uniquement pour eux, les attendre et les recevoir... quoique, d'une certaine façon (pourquoi pas ?), le rôle de l'armée était précisément de contrôler l'ordre dans le pays affolé et de lutter contre toutes sortes de bandes de vauriens que la panique initiale avait formées, et qui ne trouvaient que ce moyen pour échapper à la peur de la maladie en même temps qu'à cette gigantesque oppression psychologique, pesant sur tout le pays incarcéré comme une immense angoisse claustrophobique) à laquelle ils échappèrent de justesse. L' « affrontement » se résuma surtout à la meilleure manière de se tirer des pattes des soldats revêtus de ces équipements science-fictionnesques censés les protéger contre le virus de mémoire folle, et de se trouver déjà suffisamment loin à travers champs ou sur cette route de campagne quand ils commenceraient de tirer. Et les soldats tirèrent. Et ces deux types qui n'avaient toujours pas dessaoulé achevèrent leur virée incompréhensible dans un arbre. Cinquante-cinq.

Après quoi, ils passèrent eux aussi leurs combinaisons et équipements.

Caro, qui prétendait conduire le groupe de volontaires patriotes de la Mississippian Wave, en raison de son appartenance pratiquement séculaire à l'A.W.W. de Vicksburg, prétendit également (sous la forme d'un ordre) qu'ils ne couraient pas plus de risques de se faire repérer affublés de cette manière : ils couraient simplement celui de ne pas ramasser le virus trop vite, et c'était tout de même pour cela qu'ils avaient fait leur coup d'éclat dans les entrepôts de Vicksburg. Rien à redire.

Caro avait raison. Dans leurs équipements, derrière leurs lunettes à montures bourrelées et caoutchouteuses, aucun ne devint fou en parlant du pôle Nord, et ils n'échappèrent qu'à une seule autre embuscade, à hauteur de Grenada, comté de Grenada. Ce fut un nègre, qui les prit pour des réguliers au sortir de Futheyville et leur demanda s'ils rejoignaient le gros des troupes basées à Grenada (il voulait en plus se joindre à eux, s'engager dans l'armée, faire quelque chose de valable, dit-il), qui leur sauva la mise... Caro abattit le nègre sous prétexte qu'il ne fallait pas laisser de témoins derrière eux. Il tira alors que l'homme qu'il venait d'inviter à grimper posait la semelle sur le marchepied, avec un large sourire soulagé qui ne s'éteignit même pas quand les deux balles lui emportèrent le sommet du crâne.

Ce fut leur premier fait d'armes, leur seconde victoire sur l'adversaire.

Après quoi, le douzième jour, il y eut Tutwiller, comté de Tallahatchie, Mississippi.

CHAPITRE III

Ici, personne pour leur signaler la présence de l'armée régulière dans les murs ou aux environs de Tutwiller.

Pas même un nègre.

Et personne sur la *federal* 49 qui menait à la ville, droite, toute droite, comme la cicatrice grise que laisse un coup de fouet sur la peau. Avec comme l'expression de l'inéluctable, de l'irrémédiable, qui se dégageait de cette rectitude plongeant vers la ville, et nulle part ailleurs, à travers les plates étendues décolorées qui constituaient le paysage écrasé par le ciel froid.

D'abord, il y avait eu cette effervescence apocalyptique des premiers jours, ces convois lents, enchevêtrés, chaotiques, caractéristiques de la débâcle, sur les grands axes *interstates* aussi bien que sur les routes fédérales, et même quelquefois sur ce qui méritait à peine le nom de chemin (pour peu qu'il s'agisse d'un passage carrossable entre deux bourgs ou en direction d'un centre urbain important). Puis, cette marée avait paru se stabiliser, ce bouillonnement était retombé — bien sûr, *le calme* n'était pas revenu : le calme ne reviendrait pas avant longtemps : des signes indélébiles disaient qu'il ne reviendrait *jamais —;* comme les effets d'une explosion : les ondes de choc continuaient de se propager après que se fut dissous le grand vacarme.

C'était en tout cas l'impression ressentie par John T. Divirtt — et sans doute celle de ses compagnons — à travers ce qu'ils avaient pu voir et vivre durant leur périple en boucles et zigzags. A travers aussi ce qu'ils pouvaient entendre sur les radios de bord — des informations hachées piquées sur telle ou telle station, de celles qui n'étaient pas muettes, souvent contradictoires d'ailleurs et dans le fouillis desquelles on pouvait à loisir trancher et recouper tout ce qu'on voulait —, et sur l'écran de deux télés portables. Les télés ne diffusaient plus que des programmes régionaux. Ce qui s'appelle des « programmes ». Les *networks* nationaux, quant à eux, se bornaient à émettre des consignes dites de sécurité, destinées plus spécialement à la population des Etats contaminés (mais ils ne disaient pas « contaminés », ils disaient « protégés »), intercalés de documents d'actualités — rien qui eût la force de ce que Divirtt avait pu voir de ses yeux —, tout cela sur un ton général qui sentait davantage le professionnalisme qu'une véritable compassion. Mais d'informations générales, aucune. De ce qui se passait dans le pays, hors les frontières de la grande prison, rien.

Les jours passant, tout ceci n'avait guère changé : une situation se mettait en place. Toujours par le biais des stations de radio et de T.V. locales, les membres de la Mississippian Wave avaient pu apprendre que l'agitation bourdonnait toujours dans les Etats « protégés ». C'était toujours panique, encombrements et compagnie aux alentours des grandes villes : Memphis avait tout l'air d'être l'archétype de l'endroit où ne pas aller. L'armée régulière, appuyée par des obscurs services de protection sanitaire civils — dont on pouvait se demander d'où ils venaient —, avait fort à faire, même pas pour essayer de maintenir un semblant d'ordre et de calme, surtout pour s'efforcer, un peu à la va-comme-je-te-pousse, d'empêcher que tout sombre définitivement dans un chaos parfait.

Après, donc, ce grand vacarme des premiers temps, après cette grande secousse qui avait propulsé les gens hors de chez eux, de leurs maisons, de leurs villages, transformant le pays en fourmilière saccagée, passé ce premier souffle éructé de la grande débandade, le cortège de la Mississippian Wave avait traversé plus d'une fois des bourgs déserts, dans lesquels ne subsistaient plus de la vie que les traces paradoxales laissées par des pillards. Eux-mêmes avaient plus d'une fois campé dans ces traces, profitant de ce qu'elles avaient laissé d'encore utilisable. (Ils n'étaient pas des pillards : ils vivaient sur le terrain... enrobant chacune de leurs effractions dans une formule du même tonneau.) Néanmoins, il suffisait toujours qu'un peu de temps passe pour qu'ils s'aperçoivent que les lieux supposés abandonnés dans lesquels ils avaient fait halte ne l'étaient pas totalement : il y avait toujours des ombres et des silhouettes qui finissaient par manifester leur présence aux abords de leur campement, qui ne s'approchaient pas — ombres et silhouettes des pillards passés un peu avant eux, ou bien d'habitants revenus sur place, ou qui n'étaient pas partis ? — rendus craintifs comme des chiens sauvages par l'apparence et l'attitude ambiguë des occupants d'un soir, et ne parvenaient probablement pas à se faire une idée précise de leur véritable identité (s'agissait-il de soldats réguliers, comme leur équipement semblait l'attester en même temps que leurs véhicules et leurs manières le contredisaient ? Question à laquelle les silhouettes à l'affût ne trouvaient pas de réponse suffisamment rassurante et satisfaisante qui les eût poussés à se découvrir).

Mais ce silence et ce vide, aux abords de Tutwiler, jamais.

Depuis le matin, ils n'avaient croisé sur la route que deux ou trois voitures, et puis plus rien. Ils étaient plusieurs, et Caro le premier, à regretter maintenant de n'avoir pas arrêté ces voitures pour interroger leurs conducteurs hagards qui les avaient regardés défiler sans autre expression, sur leur visage tanné, que celle d'un abattement anonyme. Quoique Dirvitt, lui, ne pensait pas à regretter quoi que ce fût. Il en était arrivé à un stade où il se laissait mener entre deux vagues roulantes de somnolence, ne sachant plus très exactement s'il était plus fatigué, ou moins, quand il rouvrait les paupières pour retrouver l'immuable paysage qui semblait, lui, les heures passant ou non, toujours enchifrené de relents de nuit. Dans cet état d'emplâtrement cérébral, comme un chapeau posé sur une fatigue physique générale tout aussi molle et née de l'inaction tendue, une image surnageait, pareille à l'un de ces cadavres de rats, de chats, fréquemment charriés par les eaux boueuses et quasiment palpables de la Grande Rivière. Une image qui accompagnait la moindre pensée de John T. Dirvitt et ne le lâchait pas d'une semelle s'il essayait de s'échapper. L'image d'un visage de nègre souriant dont le sommet du crâne explosait en rouge.

Jamais il n'avait vu mourir un homme de cette façon-là. *Même* un nègre, tentait-il de se dire. Evidemment, il n'aurait pu jurer ne pas avoir sur la conscience le décès d'un quelconque « ennemi intérieur » — nègre, juif, catholique, ou simplement sympathisant progressiste de l'intégration —; certaines descentes musclées de l'A.W.W. dans tel quartier périphérique de Vicksburg, auxquelles il avait activement participé, avaient tout de même plus d'une fois laissé sur le carreau des types, et une fois trois filles, dont il n'aurait pu jurer qu'ils s'étaient relevés le lendemain ni jamais. Mais cela, ce n'étaient pas des preuves. Ils bougeaient encore un peu, juste avant que le groupe de braves pacificateurs s'envolent à toutes jambes...

Tandis que là, l'image était très nette.

Et encombrante. Lourde à traîner. Au

fond, sans plus : rien qu'encombrante, mais elle semblait signifier davantage que la simple mort d'un nègre, et Divirtt ne savait pas quoi. Un pressentiment vaseux. En fait, ce n'était pas la mort de l'homme qui le surprenait ou le dérangeait le plus : c'était plutôt l'attitude de Caro. Certes, il le savait capable d'un tel acte froidement exécuté, mais ne l'avait jamais vu à l'œuvre. Il le savait capable... avec cette seule différence qu'il y avait alors toujours cette ombre de doute. Le doute était désormais balayé. Divirtt n'était pas vraiment persuadé qu'il l'eût été dans les meilleures conditions, pour les meilleures raisons.

Il en était à ce stade d'un autre doute, qu'il pressentait sérieusement plus pesant — à cause de Caro, qui, pour l'instant, visage creusé, bougonnant, partageait son activité entre la conduite de la voiture de tête et le tripotage du bouton de la radio, à la recherche d'une station émettrice audible.

Derrière, Daw Ottson et Michael Gu, jumeaux parfaits dans leur tenue blême anti-contamination, devaient dormir sous le masque et les lunettes qui cachaient leur visage par-dessus le capuchon à collerette.

Les champs plats — des champs de quoi ? — s'étendaient à perte de vue, mornes, déserts, comme uniquement labourés par l'effet d'une sorte de pâle givre. Ici et là, dans la brume grasse, se dressaient des monstres mécaniques silencieux et abandonnés à leur sort, des machines agricoles dont le seul rôle à présent semblait être celui de sentinelles dissuasives. Pareilles, de lointaines silhouettes de fermes, basses, trapues, à la limite de l'évanescence — des fantômes.

Peut-être auraient-ils dû se méfier des vols d'hélicoptères qui traversèrent plusieurs fois le ciel bas et gris du matin, survolant leur colonne de treize voitures et pick-up. Mais ils avaient pris l'habitude de ces vols (à l'inverse des routes, depuis le premier jour, le ciel semblait toujours aussi encombré par ces gros insectes mécaniques et bourdonnants, sans parler des avions, depuis le hurlement blanc des jets de chasse jusqu'au vrombissement mono et bimoteur de petits appareils), et l'habitude, surtout, de ne rien faire d'autre que rentrer la tête dans les épaules en attendant ce qui se passerait et en espérant qu'il ne se passerait rien. Il ne s'était jamais rien passé.

Les hélicos tirèrent à peine John T. Divirtt de ses brouillards intérieurs. Moins que l'image du Noir au visage souriant et éclaté.

Ils entrèrent dans Tutwiler, qui était une ville aussi plate que les champs d'alentour au beau milieu desquels la cité semblait avoir été posée, descendue du ciel.

Une rue principale traversait l'agglomération. Plutôt : la route continuait de filer sur sa lancée, et les maisons se rangeaient de chaque bord, transformant ainsi le ruban d'asphalte sur une portion de son cours gris en rue principale. Et pas un chat. Pas davantage de traces visibles d'un passage de pillards. Les devantures avaient encore toutes leurs vitres intactes, les portes et contre-portes n'étaient pas ouvertes, les volets aux fenêtres n'étaient pas baissés. Des voitures étaient là, stationnées le long des trottoirs, ce qui semblait vouloir prouver que le lieu n'avait pas été abandonné. C'était comme ces villes qu'on traverse la nuit, et il ne manquait rien pour que l'impression fût complète et convaincante — ne manquait rien, sinon la nuit

Ils auraient dû se méfier des hélicoptères, puis de ce silence et de cette immobilité — de ce poids de temps suspendu et figé au-dessus de la rue. Bien avant de s'engager dans la rue, passée cette voie ferrée transversale qui, elle, était bel et bien abandonnée depuis des années, ils auraient dû faire demi-tour et foncer, écraser les pédales d'accélération de leur sacrée caravane, foncer n'importe où, droit devant eux, mais hors de ce piège.

Car il s'agissait bien d'un piège, un de ces traquenards tendus par l'armée en lutte ici et là, où elle le pouvait, quand l'occasion s'en présentait, contre les bandes d'irréguliers et de fous dans leur genre qui s'étaient mis à écumer le pays, pour toutes sortes de bonnes raisons ou sans raison du tout — sans autre raison que la peur de l'apocalypse.

Ils remontèrent une partie de cette rue, jusqu'au centre de Tutwiler, là où les maisons riveraines s'écartaient pour former une place au centre de laquelle, coupant la rue en deux, susbsistait le piédestal, uniquement, d'un monument aux morts tombés ici ou ailleurs, quelque part dans le temps, pour la nation.

Il n'y eut pas de sommation. Ou alors, Divirtt ne les entendit pas.

Ce qu'il entendit, ce fut le cri étranglé que cracha Caro, en même temps et dans le même jet que la goulée de sang qui éclaboussa le pare-brise opacifié par l'impact. Dans le quart de seconde suivant, il entendit les craquements saccadés et les détonations des coups de feu ; il se souvint de cette ultime et fugitive — et incompréhensible — vision qu'il avait eue, juste avant que la vitre ne s'étoile et se couvre de blanc laiteux sur le fond duquel jurait comme un cri liquide le dégoulinement de sang : là-haut, sur la coupole d'un château d'eau dressé au nord de la cité, seul bâtiment levé à la verticale et surplombant avec une sorte d'incongruité bizarre la platitude de l'agglomération, ces silhouettes blanches, là-haut, levées soudain. Blanches. Portant cet équipement identique à celui dans lequel il transpirait soudain.

Cris.

Caro gueulait des propos incompréhensibles, les yeux fous et crachant du sang, aspergeant tout autour de lui, battant à coups redoublés de ses avant-bras le volant dont il avait apparemment tout à fait oublié la fonction. Divirtt lança ses deux poings en avant, et le pare-brise opaque s'effondra, découvrant l'instant tout proche, immédiat, où la voiture allait s'encastrer dans le bloc de pierre du piédestal sans monument. Il songea : « Monument pour nous ! », ridicule, comme un cri ou un rire jailli en plein centre de quelque drame. Il avait empoigné le volant, tandis que Caro continuait de marteler au hasard, n'importe quoi, tout ce qui tombait sous ses poings — en l'occurrence, les bras et les mains de Divirtt —, crachant et crachant le sang, rouge et visqueux de la taille au menton, et même les cuisses. In extremis, Divirtt évita la collision. Il se remit sur la route ; un choc percuta l'arrière de la voiture et le poussa de nouveau de côté en direction du monument. Caro hurlait, puis se tut d'un seul coup et bascula sur le côté. Divirtt hurlait lui aussi. Des appels au secours, à l'aide. Il repoussa le corps rouge et lourd de Caro. Coup d'œil par-dessus son épaule : Daw Otson et Mick Gu n'avaient pas bronché d'un pouce ; et, vu le sang qui continuait encore de jaillir de leur poitrine —, ne broncheraient sans doute jamais plus.

— Salauds ! cria Divirtt.

Et ne fit plus que répéter ce cri, interminablement, comme un disque rayé — volume sonore mis à fond. Il pensait qu'ils n'allaient pas s'en sortir, aucun d'entre eux, et curieusement ne concevait pas qu'il pût faire partie du lot. Il pensait… A rien. Faire des choses. Empêcher cette sacrée bagnole de… Parce qu'en moins de trente secondes, trois sur quatre des occupants de cette putain de caisse étaient morts — sauf lui. Il fallait bien quelqu'un pour continuer de guider la… Et les autres ? Derrière ?

Derrière, mais Divirtt ne le vit pas, la voiture suiveuse, après l'avoir légèrement embouti, bifurqua tout net sur sa droite, grimpa sur le trottoir et se stabilisa, même pas violemment, contre une bouche à incendie. Des silhouettes blanches jaillirent d'une rue transversale proche, une demi-douzaine, l'arme au poing, arrosèrent de leur feu la voiture emboutie et aussi celle de Divirtt qui poursuivait son chemin en tanguant.

L'enfer s'était à peine déchaîné tout autour de Divirtt, et davantage encore dans sa tête, qu'il retomba, comme ces noires fumées qui montent sur les feux de marais puis se rabattent brusquement pour cacher les flammes.

Il perdit toute conscience du temps. Pour lui, cela durait à la fois depuis toujours et c'était déjà fini, accompli et en train de se dérouler. Il avait à sa disposition tout un choix de gestes faisables ; il lui suffisait de tirer les bons numéros.

Confusément, il comprenait bien que l'armée leur avait tendu un magnifique guet-apens, et la confusion se propageait au-delà de cette évidence : l'événement, au fond, concrétisait une importance certaine à leur mouvement — treize véhicules circulant vers le nord —, une importance qu'il n'avait jamais véritablement osé s'accorder lui-même. Une importance qui allait mourir à peine née... Il ne le fallait pas.

Il ne songea à rien et pensa à mille choses. Comment, mais surtout pourquoi, cette embuscade ? Est-ce que le nègre abattu par Caro en était la cause, le détonateur, ou plus simplement, plus généralement, leur simple existence repérée par les réguliers ?

Il roulait sur le trottoir. Retrouva la rue. Apparemment, cent mètres plus loin, la ville s'achevait. Plus personne ne semblait lui prêter attention ; c'était derrière que semblaient se concentrer tous les tirs, et un véritable affrontement. Cette impression prenait à peine la consistance d'une certitude qu'elle s'effritait et basculait, sous les impacts sourds qui secouèrent la voiture.

— Salauds ! Salauds ! continuait de brailler Divirtt.

Il ne sut pas comment il put ouvrir la portière de Caro — ni si, en vérité, c'était lui qui l'avait fait, ou si une des balles fouettant la carrosserie l'y avait aidé —, mais elle s'ouvrit, sous la poussée qu'il donna contre le corps flasque, et Caro s'écroula au-dehors ; puis la portière se referma et le coinça, et un de ses pieds restait emprisonné sous l'armature du siège, ou dieu sait où ; mais finalement, il se décrocha. Courbé sur le volant, Divirtt appuya sur l'accélérateur, le temps d'apercevoir alors les camions militaires stationnés en sortie de ville, au-delà des maisons. Et pas seulement les camions : les troupes. Et le mouvement d'une espèce de half-track, immédiatement suivi par d'autres, qui s'apprêtait à bloquer la rue — la route.

Jamais il ne passerait. Jamais le temps ni la chance nécessaires. Un choix de gestes à effectuer, de décisions à prendre… et il prit celle de braquer sur sa droite, afin de quitter la rue plongeant vers cette mâchoire refermée du piège, s'échapper, coûte que coûte. Il exécuta les gestes avec plus de difficultés : ses mains glissaient sur le volant poisseux de sang, qui cogna rudement au creux de ses paumes, dans le choc qui secoua la voiture lorsqu'il mordit une fois de plus sur le trottoir. Un antique trottoir de bois qui craqua sous les roues. Un autre choc lorsqu'il en descendit et se retrouva à l'entrée du… de quoi ?

Ça cahotait et tressautait. Les deux pneus arrière crevés, sans aucun doute. Quelque chose qui gueulait et grinçait dans le moteur, qui vibrait dans la direction.

Décidant de quitter la rue, il ne savait pas dans quoi il allait s'engager : une ruelle perpendiculaire, un simple passage, un cul-de-sac ? Rien d'autre qu'un espace entre deux maisons ?

C'était une ruelle. Ou n'importe quoi, mais pas un cul de sac. Pas un véritable. Ce qui l'obstruait était une simple jeep. A quatre mètres de là. Au volant de la jeep, un soldat régulier ; un autre en train d'en descendre ; un troisième et un quatrième qui avaient dû mettre pied à terre une minute plus tôt et couraient vers la grand-rue : ils pilèrent net en voyant la voiture de Divirtt.

« Bon », songea Divirtt ; et il cessa de gueuler. Il serra les dents. Il avait un goût fade de métal froid dans la bouche, et puis aussi comme un vrai relent de puanteur qui lui remontait directement des entrailles. « Bon », songea-t-il. Et fonça.

Il en faucha un des deux. Bizarrement, par-dessus le vacarme ambiant, les fusillades qui n'en finissaient pas, et même des explosions sourdes — ce genre d'énorme pet qui précède l'embrasement d'un réservoir d'essence —, ce fut le déchirement de l'uniforme blanc du soldat qu'il perçut. Même pas l'impact du choc. Le déchirement. L'autre soldat parvint à sauter de côté, non sans avoir lancé en avant, dans un réflexe curieux — plutôt que de tirer — la crosse de son fusil. Les lunettes de Divirtt craquèrent. Sa tête rebondit dans le vide, d'arrière en avant, dans une nouvelle série de très vilains bruits *intérieurs*. Des flashes explosèrent en pétaradant devant ses yeux.

L'instant d'après, il percutait de plein fouet la jeep, qui recula latéralement d'un bon mètre sous le choc.

Le soldat qui s'apprêtait à descendre fut coincé, écrabouillé au niveau des jambes entre le pare-chocs de la voiture et la carrosserie de la jeep. L'autre, au volant, disparut.

« Bon », songea Divirtt, comme s'il était tout simplement en train de se mouvoir au centre d'une grande nappe de calme absolu. Il empoigna son fusil, sur le sol maculé. Il était dans la rue — le passage — et bondissait en avant. Ses jambes le portaient, couraient. Ils ne l'avaient pas eu ! pas eu... sinon ce coup de crosse à la con qui résonnait toujours dans sa tête, mêlé au bruit de déchirement toujours incrusté dans sa mémoire.

Il sauta par-dessus le capot de la jeep. Se reçut très mal, se tordit une cheville, mais ne tomba pas. Toujours debout, Divirtt, toujours sur ses jambes.

Et le régulier éjecté de son volant aussi, là, juste là, en train de presser la détente de son... Divirtt le bouscula d'un coup d'épaule même pas calculé. Le canon de l'arme de l'autre lui entra dans le flanc. Le type pirouetta sur ses talons, et, c'était drôle, Divirtt eut le temps d'apercevoir ses yeux à travers le plastique des lunettes. Il vit la flamme courte — une seule — crachée par la gueule du fusil. C'est tout. Même pas de bruit. C'est-à-dire, le bruit était *surtout* celui de son propre tir. Le soldat tombé à genoux fut arraché du sol.

Divirtt courait. Songeant : « Bon ».

Il aperçut au-delà des jardins, dans les champs, d'autres camions militaires. « Nom de Dieu !... Ils sont combien ? » Ou bien le cria-t-il à haute voix ? De toutes façons, il n'avait pas de réponse.

Il avançait maintenant entre deux nouvelles rangées de maisons, parmi de petits jardins clos, traversant des enceintes d'arbustes. Il s'écroula dans le filet d'un vieux grillage et, se redressant, vit des visages aux fenêtres. Il remontait en direction du centre de la ville, parallèlement à la rue principale. En plein vers le cœur du carnage — et allez savoir pourquoi. Peut-être parce qu'il ne savait pas où fuir, de toute évidence. Que son seul point d'attache se situait là, parmi ceux de la bande de la Mississippian Wave, fussent-ils morts ou vivants, déjà balayés ou encore en train d'essayer de s'en sortir.

Il tomba contre un mur de planches mal blanchies, dans une arrière-cour encombrée de tout un tas de réfrigérateurs hors d'usage et de carcasses de voitures. Il ne réfléchissait pas. C'était son corps et ses muscles qui commandaient, qui agissaient d'eux-mêmes. Quand il eut repris son souffle, il s'élança de nouveau, tourna au coin de la maison après avoir quitté la cour-dépotoir, prêt à courir en plein cœur de l'enfer.

L'enfer qui, précisément, paraissait sur le point de s'éteindre. Combien de temps ce déferlement de violence avait-il duré ? Impossible de répondre.

L'homme se dressa, l'empoigna par le col et le poussa rudement. Si fort que Divirtt en lâcha son fusil ; et la surprise y était pour beaucoup. Il percuta des deux épaules le mur de briques de la maison voisine. L'homme bondit dans sa direction, s'accroupit et l'obligea à faire de même. Sans rien dire.

Rien.

Un instant plus tard, il repartit à quatre pattes chercher le fusil, qu'il posa entre Divirtt et lui, sans avoir l'air de vouloir le garder, ni de le rendre.

Un vieux type barbu, crasseux, l'œil brillant d'une curieuse excitation.

« Qu'est-ce que c'est que ce gugusse ? » songea Divirtt. Moins d'une demi-heure plus tard, en tout cas, il connaissait son nom.

CHAPITRE IV

Au cours de ce long bavardage saccadé qui l'avait empoigné et semblait le secouer tout entier, Divirtt s'était interrompu. Il était resté là, un instant, avec cet air lourdement stupéfait de quelqu'un qui s'extirpe d'un sommeil provoqué par les somnifères (ou encore, et paradoxalement, l'air de quelqu'un qui *va s'endormir,* car, trois minutes plus tôt, tandis qu'il jacassait, cette étincelle vive au fond de ses yeux n'avait pas cessé de briller).

Il avait regardé autour de lui, cet endroit où il se trouvait, assis en compagnie d'un vieux bonhomme barbu, comme s'il lui trouvait brusquement un intérêt tout particulier : deux murs aveugles, un de planches mal blanchies sur lesquelles la dernière couche de peinture devait remonter à plusieurs années, l'autre de briques dont l'entretien ne paraissait pas davantage favorisé ;

deux simples murs de maisons, rien de mieux, mais pourtant suffisants pour délimiter une sorte d'enclave, les deux parois dressées d'un étroit canyon tranché dans l'agitation environnante. Avec à une extrémité, au-delà d'une petite barricade naturelle formée d'un amoncellement de vieilles caissettes remplies de détritus divers et de deux tonneaux destinés à recueillir les eaux de pluie, le vacarme pulsant de la rue, si curieusement proche en même temps que hors d'atteinte ; à l'autre extrémité, l'ouverture sur les jardins, une espèce de mauvais chemin parallèle à la rue, d'autres maisons, ou des cabanes, tout aussi hors d'atteinte, apparemment, tassées sur elles-mêmes comme sur ce silence intérieur qu'elles abritaient et que des pleurs d'enfants, audibles çà et là, ne parvenaient pas à fissurer.

Rien de ce qui se produisait au-delà de cette faille coincée entre les murs ne semblait pouvoir déborder à l'intérieur et toucher les deux hommes affalés plus qu'assis l'un à côté de l'autre. Ou ce fut, en tout cas, ce qui donna l'impression de décider Divirtt, après cet examen un rien ahuri qu'il accorda au lieu, avant de se remettre à parler.

... Et il avait suffi, pour déclencher cet

accès de logorrhée, qu'au bout d'à peine une minute après avoir empoigné le guignol par le revers de son équipement protecteur pour le jeter au sol, le vieil homme laisse échapper dans un soupir : « Qu'est-ce que c'est que tout ce cirque, bon Dieu ? » Même pas une véritable interrogation, ni une vraie curiosité : juste l'expression de cette hébétude désorientée qui frappe ceux que les événements dépassent. Ahurissant !... Mais ce devait être quand même une fameuse « hébétude désorientée », pour que Divirtt la prenne pour argent comptant, la traduise sans attendre — exactement comme s'il n'eût attendu que cela — de la part du vieux en ignorance absolue de l'actualité qui courait, galopait, depuis les premiers jours de la « Sécession ».

Mais cette explication ne valait rien ; elle ne fut pas, en tout cas, celle que choisit Burden Torpe, enseveli sous le flot de paroles du discours. Torpe se dit qu'il venait de mettre la main sur un cinglé, un type sonné. Il comprit immédiatement autre chose aussi... et le comprenant, il décida de laisser couler la situation telle qu'elle s'offrait, afin d'en profiter au maximum.

Il écouta, ou s'obligea à donner l'impression qu'il le faisait au mieux, dans ce contexte quelque peu particulier, la suite du bavardage heurté de Divirtt. S'obligea instinctivement et sans vraie difficulté (il avait acquis depuis un certain temps une redoutable aptitude à l'adaptation, dans toutes sortes de situations, aiguisée par cette vivacité de l'esprit perpétuellement en alerte qui faisait de lui tout à fait autre chose que ce vieillard dont il offrait l'aspect : un animal que la volonté farouche de survivre à tout prix laissait sur le qui-vive en permanence), à paraître aussi captivé que le permettait la situation par ce que racontait l'autre, jouant ainsi le rôle un peu demeuré qui lui avait été attribué. Il se disait que ce gars-là, sonné, n'avait sans doute pas discuté de la sorte depuis une éternité. Et ne se trompait pas.

Burden savait de quoi il retournait : ce genre de types qui se mettent à divaguer ou raconter leur vie aux moments les plus inattendus, il en avait rencontré plus d'un, dans sa vie. Et dans des moments qui n'étaient pas sans offrir une fameuse similitude avec celui-ci... Proche-Orient, Amérique Centrale, Nicaragua, Liban... (mais pas le pôle, non, pas lui : Thulé, c'était ce vieux Collin Mc Tombe...) Quand ça crachait de toutes parts et que, dans ces moments-là, vous ne vous souciez pas de la honte si vous pissez dans votre froc, parce que c'est diablement important et diablement essentiel d'être encore en mesure de pouvoir pisser ! Oui, il savait.

Il ne lui fallut pas plus de dix minutes d'une réflexion à peine concentrée, quasiment automatique, pour mettre sur pied le canevas d'une stratégie qu'il pourrait suivre le cas échéant, si les circonstances le lui permettaient. Il lui suffisait de bien tenir son rôle, lequel se construirait et se mettrait en place petit à petit. Pourquoi pas ?...

Et au fur et à mesure qu'il parlait, Divirtt parut retrouver cette assurance qui lui faisait défaut dans les premiers flots de la cataracte verbale déversée. Ce n'était pas qu'une impression : il acquit véritablement cette assurance et cette espèce de décontraction, ce détachement vis-à-vis de l'environnement. Rien qui fût moins étonnant que son excitation première : un choc en ricochet... ce qu'une implosion peut représenter par rapport à une explosion, et qui n'empêche certainement pas que l'étincelle, ou le court-circuit, se soient produits.

La source de ses jacassements tarit progressivement. A moins qu'il n'eût tout simplement tout dit, qu'il se fût débarrassé en vrac de tout ce qu'il savait... Et il se mit à bricoler son masque endommagé, les filtres qu'il ne parvenait plus à visser, comme si c'était la chose à faire la plus importante au monde, et ce dans les secondes à venir.

Le tout récent vieillard nouveau-né Torpe le regardait faire, l'œil en coin presque amusé…

Après que la proposition de quitter cet endroit au plus vite fut faite par l'un et acceptée par l'autre, tous deux pourtant n'en restèrent pas moins assis sur leur cul là où ils se trouvaient, sans passer à l'action. Comme si le fait de s'être rencontrés et d'avoir échangé leurs noms, après ce « dialogue » ahurissant, représentait une étape franchie victorieusement au terme d'un long parcours ; une étape de repos, avant de s'élancer de nouveau dans la course.

Autour d'eux, les explosions et les coups de feu, isolés ou en rafales hachantes, avaient cessé. Restaient des cris, des bordées d'exclamations, des ordres et des appels. Ici et là des injures ou d'autres cris, de douleur ceux-là, qui s'élevaient puis retombaient dans le brouhaha. A l'extrémité du passage sombre qui donnait sur la rue principale, au-delà du frêle barrage des tonneaux et caisses-poubelles entassées, passaient des grappes d'hommes en combinaisons blanchâtres, certains encapuchonnés tel que l'était toujours Divirtt, d'autres coiffés « plus légèrement » de casques ou de casquettes militaires, et pratiquement tous gueulant, aboyant soit un ordre ou une réponse à un ordre — et cela semblait inconcevable qu'ils puissent se mouvoir autrement que portés par ces braillements et le grondement rageur de leurs souliers frappant violemment le sol de bois des trottoirs.

Torpe dit :

— J' pense qu'il y a autre chose, à présent, que je sais pas quelle contamination dont tu m' parles... autre chose dans l'air dont tu devrais sacrément te méfier, mon garçon.

— Hein ? fit Divirtt.

Il avait pris le temps d'écouter pendant quelques secondes les galopades et les braillements, et ce silence sur tout le reste, sur tout ce qui pétaradait *avant*.

— Enlève-moi ça, dit Torpe, désignant la tenue de Divirtt d'un coup de menton sec. Ton pyjama, là, et tout ce bazar que t'as autour du cou et de la figure.

Divirtt sourit dans le sang qui barbouillait son visage. L'air de ne plus rien prendre au sérieux, et certainement pas les commandements de ce vieux bonhomme. Mais le vieux bonhomme avait un regard dur, soudain, gris et dur, métallique, et qui semblait éclabousser de son éclat tout son faciès buriné au-dessus de la barbe drue (ce genre de barbe qui ne pousse que depuis quelques mois, ou qu'alors on a taillée n'importe comment... ou les deux). Et puis aussi, le vieux bonhomme avait négligemment posé la main sur le fusil qu'il était allé ramasser tout à l'heure et avait tiré entre eux.

— Un pyjama ! dit Divirtt, prêt à trouver le temps de se moquer et même, qui sait, celui de se lancer dans un nouveau numéro explicatif. Grand-père, je ne voudrais pas me...

— Enlève ça, mon garçon. C'est tout. Et j' m'appelle Torpe, Timmy Torpe, j' suis pas ton grand-père, nom de Dieu.

Ils n'étaient pas légion, ceux qui pouvaient se permettre de parler sur ce ton à John T. Divirtt ; à part le patron de cette foutue station Tex, quelques ivrognes impétueux comme on en rencontre toujours dans les bars le samedi soir ; mais cela : *avant;* depuis la Sécession, personne.

— Hé là, fit Divirtt. J' voudrais pas que...

Le vieux l'interrompit une fois de plus, avec cette tranquillité ferme et posée qui laissait supposer qu'on ne pouvait certainement pas lui parler sur n'importe quel ton, à lui non plus, ni *avant,* ni *après,* ni maintenant ni jamais :

— C' que tu veux ou non, j' m'en fous, mon garçon, pour le moment en tout cas. C'est-à-dire, si c'est pas c' qu'on a décidé qu'on voulait tous les deux, tout à l'heure. D'accord ?

— Je suis pas votre garçon, dit Divirtt.

— Nom de Dieu, mon gars, d'accord. J' suis pas ton grand-père et t'es pas mon garçon. Tu t'appelles Dirvitt avec deux « t », moi Torpe avec un seul « p », et...

— Divirtt, pas Dirvitt, dit Divirtt.

— ... et j' tiens pas à moisir ici. Ecoute-moi bien, mon gars : j'ai pas très bien tout compris de c' que tu m'as raconté sur c' qui se passe dans ce pays, mais j'aimerais bien, justement, qu'on ait le temps d'en parler de nouveau. J' comprends rien à c' que je vois depuis que j' suis descendu d' chez moi, j' dois dire. Et j'aimerais qu'on m'éclaircisse les idées, ça c'est certain. Pour ça, faut encore pouvoir le faire, en avoir l'occasion. Si on reste là trop longtemps à discutailler comme deux idiots, on n'aura p't'être pas l'occasion de la prolonger ailleurs, cette sacrée conversation. Tu peux quand même te mettre ça dans la tête, non ?

— Je peux y mettre ce que je veux, dans ma tête. C'est pas vous qui me direz quoi.

Mais Torpe avait toujours la main sur le fusil, négligemment posée, et Divirtt en avait déjà rencontré plus d'un, des pouilleux dans son genre, au cours des parties de chasse et des exercices d'entraînement de la milice A.W.W., dans le Delta, Ces péquenots qui ont toujours l'air de faire ce qu'ils font *négligemment*... comme on pourrait tout aussi bien dire qu'un mocassin se déplace négligemment dans l'eau avant de vous mordre... Qu'il essaie seulement de tendre la main lui-même vers le fusil... le geste à peine entamé, il lui faudrait le transformer et lever les mains, bien haut, bien écartées, sous la menace de l'arme braquée.

Bon sang ! Le regard têtu, Divirtt déroulait une kyrielle mentale de jurons. Il était en train de redescendre sur terre, il y posait légèrement le bout du pied et cela résonnait pourtant comme un choc violent dans tout son être. Douloureux, pas simplement là où la crosse du soldat l'avait heurté : douloureux dans tout son corps, comme s'il sortait de l'inconscience qui suit un passage à tabac dans les règles imaginait-il, car jamais de sa vie John T. Divirtt n'avait subi un passage à tabac. Il était en train de se demander — et c'était écrit en lettres de néon sur sa figure — si le vieux bonhomme n'était pas en train d'essayer de lui voler son équipement...

— Ecoute, mon gars, dit Torpe, exactement comme s'il venait de lire dans les yeux de Divirtt ce qui se tramait dans sa tête. Ça fait pas deux jours que j' suis descendu de mon lac. Pour acheter du fil de pêche et... bon Dieu, c'est pas le moment que j' te raconte ma vie, nom d'une pipe de nom d'une pipe ! J'arrive ici et j' comprends rien à tous ces soldats que j' vois attifés comme t'es. Mais j' suis pas long à comprendre que c'est pas l'uniforme qui veut dire quelque chose, quand j' vois ces militaires interdire aux gens d' sortir d' chez eux, et surtout d' quitter la ville. Et quand j' vois c'te colonne de bagnoles qu'arrivent tranquillement, avec c' qu'on dirait être d'autres militaires dedans. Et puis crac ! Alors là, j' comprends. J' sais pas d'où qu' vous sortez ni c' que vous voulez, ni c' qui s' passe. J' t'ai simplement vu arriver comme un fou par les jardins, pendant qu' j'étais ici, à m' cacher comme on m'avait dit. J' suppose bien qu' t'es pas d' cette armée-là. J' vais te dire, mon gars. L'armée, ça a jamais été... j'en ai soupé, et faut plus trop m'en parler. C'est pas cette façon qu'ils ont eu de tendre c' t' embuscade, sans vous donner une chance, qui fera qu' je les porterai plus haut dans mon cœur. Nom de Dieu non. T'écoutes ?

— On venait de Vicksburg, Mississippi, dit Divirtt... On est la Mississippian Wave, et...

— Rien du tout ! Rien du tout, mon gars. Vous êtes plus rien du tout, à présent. Tu m'expliqueras les détails plus tard. J' tiens pas à rester dans ce nid d' vipères, moi. On dirait bien qu' chaque fois qu' je viens en ville ça finit d'une façon ou d'une autre par tourner au drame, mais là, c' coup-ci, c'est le bouquet. Qu'on dirait bien. J' sais pas dans quoi j'ai mis l' pied, j' sais pas une merde de quoi, mais pour une merde c'en est une belle ! Qu'on dirait bien... Mon gars, t'as besoin d' moi pour te tirer d'ici. J'ai besoin d' toi pour essayer d' comprendre dans quelle merde j'ai mis l' pied ; et même les deux. Tu peux piger ça ? Bien sûr que tu peux, hein ?

— Quel lac ? fit Divirtt.

Torpe hocha la tête : plus que de commisération, c'était le signe d'une réelle impatience.

— On dirait bien que t'as été rudement sonné, pour sûr que oui, dit-il. Enlève ce truc, pour qu'ils te repèrent pas. Tu veux qu'ils te mettent la patte dessus, nom de

Dieu, comme ils auraient d'ailleurs dû le faire cent fois depuis qu' t'es là, si toutes les choses se déroulaient normalement. J' comprends pas comment qu'on n'a pas encore été emmerdés par un de ces soldats gueulards, mais j' comprends que ça durera pas l'éternité du bon Dieu.

Il fit mieux que tripoter négligemment le fusil : il l'empoigna fermement, s'en empara et le tint planté entre ses cuisses, le canon appuyé contre son épaule.

— Vous allez me redonner ce putain de flingue, dit Divirtt. Je vous prêterai le masque et vous pourrez...

Torpe hoqueta un mauvais rire bref. Il se pencha vivement, avec un mouvement de son cou décharné qui le fit ressembler à un oiseau, et dit d'un ton rauque, hargneux, bas, presque sous le nez de John T. :

— Qu'est-ce que tu veux que j'en foute, de ton masque ? Et de tes histoires de virus, tes conneries ? Le fusil, j' le tiendrai tant qu' t'auras pas fait c' que j' te dis. Et j' te l' dis pour sauver ta peau, espèce de pauvre couillon ! J'ai vu, tout à l'heure, c' que c' t' armée embusquée a fait d' tes copains de la Je-Sais-Pas-Quoi Wave...

— Missis...

— J' l'ai vu et c'est pas beau. Pas de quartier ! Vous avez été tirés comme des lapins, sans détail, sans... J' peux te dire que les ordres reçus faisaient pas un pli. Alors, si tu comp...

— Tous ? couina Divirtt.

— Si tu te mets à gueuler, maintenant, j' te fous un coup d' ce flingot, et c'est comme ça que j' m'en tirerai, t'entends ?

Divirtt chercha à ravaler sa salive, mais sa gorge était sèche, sa bouche vide, hormis ce goût de miasmes qui lui montait du ventre. Ce n'était plus simplement du bout de l'orteil qu'il était en train de retoucher terre : il s'y trouvait à deux pieds. Il frissonna.

En moins d'une minute, sous l'œil soulagé de Torpe, il s'était extirpé de son équipement, qu'il repoussa comme une grosse peau vide et flasque de mue, le plus loin possible de lui. Il apparut vêtu de jeans et d'un tee-shirt aux manches mi-longues et flottantes, dégageant une véritable bouffée puante de sueur âcre. Il mit plus de temps à rechausser ses « rangers », essayant sans succès de réajuster les agrafes.

— Laisse ça, dit Torpe.

Il se leva, s'aidant du fusil comme s'il grimpait après, avec une grimace prolongée et en creusant les reins pour apaiser l'élancement d'une courbature.

— Allez, mon gars, lève-toi... Comme

ça, au moins on ressemble à n'importe quel quidam de cette ville, j' crois bien. (Il inspecta Divirtt d'un coup d'œil, puis fronça les sourcils comme si une idée très noire lui avait soudainement traversé l'esprit :) Eh... est-ce que ces gaillards auraient vos signalements, ou quelque chose comme ça ? Est-ce qu'ils pourraient te reconnaître à ta tê...

— Je pense pas, dit Divirtt (qui n'en savait rien, à vrai dire). Je crois pas que dans tout ce carnaval, cette pagaille, ils se préoccupent encore de l'identité précise des gens et de ceux qui... Je crois bien qu'on peut rouler sans permis, à présent, ajouta-t-il après un temps, avec un léger sourire crâne.

— Bon, dit Torpe.

Il regarda d'un côté puis de l'autre du passage étroit entre les deux maisons. Du côté de la rue, c'était toujours le même boucan de cris. La même agitation. On entendait en outre crépiter des flammes, des nuages de fumée noire passaient en lourdes volutes rasantes. Il y eut un « vouf ! » sonore, pas très loin : l'explosion assourdie d'un réservoir qui s'embrase, suivie d'un nouveau chapelet d'ordres et de cris, puis des cris de femme. Du côté des jardins et des cabanes, s'élevaient maintenant des bribes de conversations bourdonnantes, des pleurs d'enfants, là aussi les lamentations hachées et pointues d'une femme.

— J' sais pas trop où on a l' plus d' chances de passer inaperçus, dit Torpe, n'interrogeant personne d'autre que lui-même. Ni si on passera inaperçus, d' toute façon. J' sais pas trop si on fait bien d' garder c' fusil...

— C'est pas un fusil qui nous fera repérer, dit Divirtt. Je peux vous dire que tout le monde se balade avec un fusil, en ce moment. Et n'importe quel fusil. On peut toujours dire qu'on l'a ramassé sur un mort... J'en ai eu deux ou trois, tout à l'heure, par là...

— T'es un type qui reprend vite du poil de la bête, toi, hein ? fit Torpe.

— C'est par là, dit John T., en désignant cette direction d'où il était venu. Il y a une jeep...

— J' me fous des jeeps. J'ai ma voiture. Elle est là-bas (Torpe désigna la direction opposée, l'entrée sud de Tutwiler), garée au bord du trottoir, si tout c' bordel l'a pas emportée dans les flammes...

Celui qui se mit en marche le premier ? Probablement les deux ensemble. Ils choisirent la sortie du passage sur les jardins. Traversèrent le premier potager pour se retrouver sur cette voie de terre bombée qui se déroulait le long des cabanes.

Les gens sortaient des maisons. Des Noirs et des Blancs — pourtant, l'alignement des habitations était nettement scindé en deux parties : Blancs et Noirs cohabitaient dans une même apparente misère, mais ne se mélangeaient pas... Les nègres se contentaient de mettre le nez à la fenêtre ou, quand ils sortaient, ne descendaient pas de leur véranda. Ils étaient là, agglomérés sous les auvents en groupes pépiants, tendant le cou vers la ville. La population blanche du quartier, elle, habituée à oser davantage, le démontrait encore en se coulant vers la rue de l'embuscade sur laquelle montaient les rouleaux sombres des fumées traversant les jardins.

Brusquement, Torpe bifurqua et se joignit à un de ces groupes de curieux. Il traînait nonchalamment son fusil, exactement comme deux hommes devant lui traînaient le leur... Divirtt aperçut les silhouettes blanches des réguliers, là-bas, dans les champs, qui semblaient avoir décidé d'investir les quartiers reculés de Tutwiler.

Une fois dans la rue centrale, Torpe n'eut pas le moindre recul d'hésitation. Comme s'il se désintéressait absolument du spectacle. Comme s'il avait tout simplement un endroit où aller, sans perdre davantage de temps.

Toutes les voitures ou presque de la glorieuse colonne de la Mississippian Wave brûlaient. Enchevêtrées pêle-mêle les unes dans les autres, occupant la largeur de la rue, et pratiquement toute sa longueur. Personne ne cherchait à éteindre les flammes — tout au plus, un cordon de soldats munis d'extincteurs prêts à être mis en batteries se tenaient entre les incendies les plus menaçants pour quelques maisons : ils résistaient à la fois aux bouffées de chaleur et aux exhortations des propriétaires des maisons menacées, avec le même calme imperturbable.

Personne, non plus, ne s'occupait des corps allongés sur l'asphalte, entre les brûlots. A plus forte raison de ceux qui se trouvaient *dans* les brûlots.

Ils remontèrent la rue. Divirtt derrière Torpe. Mécaniques. Ils croisèrent et fendirent des grappes de soldats qui les bousculèrent, comme s'ils n'existaient pas, et ne leur prêtèrent aucune attention — comme si, *vraiment,* ils n'existaient pas. Personne ne s'étonna du fusil traîné par Torpe, ni de la dégaine hallucinée de Divirtt, de son visage en sang sommairement débarbouillé sur la manche de son tee-shirt.

A hauteur de la caisse la plus branlante parmi toutes les voitures stationnées, Torpe s'arrêta. Ouvrit la portière, lança le fusil dans la cabine, grimpa. Ne dit rien. Donnant l'impression qu'il aurait très bien pu démarrer sans attendre si Divirtt ne s'était précipité sur l'autre portière. (Divirtt qui, s'effondrant sur le siège, sonné par ce qu'il venait de traverser tout en sachant qu'il aurait dû faire partie de ces corps en train de brûler, *morts,* ne comprenant pas encore pourquoi il était selon toute vraisemblance le *seul* rescapé de ce massacre, se souvint avoir remarqué, quand il était entré dans le piège de la ville, cette voiture à la peinture éclatée, la plus affreuse de toutes...)

Torpe exécuta un demi-tour très sec dans la rue, ralentit pour laisser passer quatre soldats qui couraient. Puis appuya sur l'accélérateur.

Deux minutes plus tard, avec tout de même un brin d'incrédulité dans le ton, il dit :

— On dirait qu'ils s'en fichent royalement, à présent, de laisser filer qui que ce soit. On dirait qu'ils ont fait leur boulot...

Il jeta un coup d'œil vers Divirtt ; et cette

fois, pour avoir l'air sonné, John T. Divirtt paraissait sonné.

— Eh ! mon gars ! dit le vieil homme.

Divirtt sursauta. Ses lèvres se décollèrent. Il demanda :

— Où on va ?

— J'en sais foutre rien, dit Torpe. Loin d'ici.

Mais il mentait. Burden avait son idée. Ce n'était pas le moment, c'est tout.

CHAPITRE V

La voiture était un break Cooper Bag 1990, à l'origine de couleur verte mais que la rouille était en train de repeindre, à commencer par le bas de caisse et les ailes avant (comme si la voiture avait traversé une grosse flaque de teinture rouge). Les amortisseurs avaient rendu l'âme depuis au moins 1991, et le tapis de la route pouvait bien être plat, quasiment lisse, sans autre forme de fissure ni d'autre cause de cahot que les joints des plaques composant son revêtement, c'était comme si vous rouliez sur un chemin de traverse principalement tracé par les roues des tracteurs, à travers champs. Ou encore, tout aussi secoué que sur le dos d'un de ces vieux mulets quand ils condescendent à prendre le trot.

Et après la soudaine (mais courte) accélération qui les avait comme éjectés hors des limites de Tutwiler, Torpe conduisait à une allure qui dépassait peut-être, certes, le trot d'un mulet, mais pas fatalement le galop d'un cheval. Le siège du conducteur semblait un rien trop éloigné pour lui du volant, sans possibilité de réglage, ce qui l'obligeait à se tenir droit, les reins ne touchant pas le dossier, assis comme en visite sur le rebord du bourrelet de ressorts grinçants, ses jambes à peine suffisamment longues pour atteindre les pédales d'accélération et de freinage. Il cramponnait le volant par le haut, de ses deux mains rouges et noueuses, comme la barre d'un bateau. Quand il avait mis le contact, l'autoradio s'était allumé, diffusant un concert de crachotements qu'apparemment il était impossible d'interrompre — en tout cas, Torpe ne fit pas le moindre geste dans ce but, ni pour essayer de changer de station, ni pour baisser ou couper le son — : sans doute était-ce normal... Tout comme devait être « normale » la forte odeur de poisson avarié qui emplissait l'intérieur de la voiture — en ce sens qu'on devait s'y habituer rapidement, vu que la grimace sèche qui composait le faciès de Torpe n'avait pas changé d'un pli, entre avant et après sa prise de position dans le véhicule. Il était parfaitement exclu d'envisager qu'un quelconque système de climatisation encore en état de fonctionnement pût jouer un rôle dans une tentative d'aération et la dissipation de cette odeur, si incrustée dans les lambeaux de moquette au sol, les revêtements intérieurs des portières et ceux des sièges que le seul nettoyage qui eût une chance de se révéler un tant soit peu efficace passait par le lance-flammes... L'odeur provenait de tout un amoncellement de caissettes, de boîtes de polystyrène, de sacs, de cartons : un vrai fourbi de brocanteur qui emplissait le coffre et débordait sur la banquette arrière. Sans parler des lignes enroulées sur des tourniquets de fortune et de tout un arsenal de cannes télescopiques.

Cette voiture était celle d'un pêcheur.

Quand il fut redevenu suffisamment d'aplomb pour se rendre compte de tout cela (mais pas plus), Divirtt se rappela vaguement, et très distraitement, que Torpe avait parlé d'un lac.

Il se demanda, négligemment, si c'était vers ce lac qu'ils roulaient.

Tout aussi rectiligne qu'avant de pénétrer dans Tutwiler, la route en sortait et poursuivait sur sa lancée. Et rien ne modifiait ce paysage que la colonne Mississippian Wave avait traversé tout au long de la matinée. La même platitude brunâtre sous le ciel comme une toile grise tendue sans un froissement.

Ici et là, les mêmes silhouettes de machines agricoles esseulées au milieu des sillons, les mêmes touffes de bosquets, des lignes d'arbres qui laissaient deviner à leur pied le tracé d'un chemin, les rares masses tassées d'une ferme. Sinon qu'en horizon, moitié ciel, moitié sol, trop éloignées encore pour que l'on pût faire un vrai choix, se devinaient peut-être les moutonnements de quelques barres plates de collines. Des oiseaux d'hiver tournaient en bandes serrées sous les nuages plombés.

Et la circulation, sur cette route, n'existait pas davantage qu'au cours de la matinée.

Torpe conduisait sans desserrer les dents, roidi du bas des reins jusqu'à la nuque, dans sa position de pantin de bois. Il fixait la route avec une expression de profonde réflexion, comme s'il se demandait à quel moment elle allait s'ouvrir devant ses roues, prêt à anticiper ses réflexes pour éviter d'être enseveli. Puis, petit à petit, il parut se détendre (rassuré quant à cette éventualité d'une crevasse soudaine...) et se mit à glisser de petits coups d'œil en biais vers son passager.

Lequel passager n'offrait rien de bien reluisant à contempler. Sa mère ne l'aurait pas reconnu (pour la très bonne raison, d'ailleurs, qu'elle était morte quand il avait dix ans... mais quand bien même : en admettant qu'elle eût vécu et l'eût quitté la veille), et pas que sa mère : Torpe, qui le connaissait depuis une heure ou deux, avait vu pour la première fois son visage depuis la moitié de ce temps, pouvait constater le changement. A moins qu'il ne l'ait pas réellement regardé jusqu'ici. Néanmoins, Divirtt « en avait pris un coup », comme si toute cette fatigue et cette tension nerveuse, le manque de bon sommeil, accumulés depuis douze jours (depuis la création de la Mississippian Wave jusqu'à son anéantissement), et même les fatigues de toute sa vie, comme si tout cela s'était amalgamé, avait pris du poids et lui était tombé dessus d'un seul coup. Brutalement. Comme si tout ce parcours qu'il avait accompli vers la vieillesse, de sa naissance à vingt-neuf ans, lui était comptabilisé en double. Et encore plus.

Ce que l'équipement de protection antibactérienne avait pu lui donner de carrure s'était bien sûr lamentablement envolé, et Torpe avait pu remarquer l'effet dégénératif de la mutation ; mais là, tout à coup, c'était autre chose que de la vraie maigreur, dans ce tee-shirt et ces jeans flottants ; c'était une réelle et inquiétante fragilité dont les cahots secouant la voiture n'allaient sans doute pas tarder à venir à bout. D'un instant à l'autre, John T. Divirtt allait se désarticuler, ou même se désagréger, et s'éparpiller en un petit tas, dans ses vêtements, sur son siège... Là où le sang coagulé ne le barbouillait pas, la peau était d'une blancheur cadavérique — un cadavre bien avancé et tirant sur le verdâtre — que par contraste la barbe de quelques jours hérissant ses joues non seulement n'atténuait pas mais accentuait. Et cette pâleur avait gagné ses yeux, son crâne visible entre les mèches de cheveux fins, hirsutes et poisseux de sueur, comme ses lèvres exsangues.

Il grelottait et ses dents se mirent à claquer, ce qui, ajouté aux tressaillements transmis par la voiture, finit par lui donner l'allure d'une espèce de jouet dont la pile arrive à terme. Presque comique.

Torpe ne riait pas. Aux premières gouttes de transpiration perlant sur le front haut et sale de Divirtt, il dit :

— Bois un coup, mon gars.

Et lâcha le volant pour ouvrir, devant son compagnon, la trappe de la vaste boîte à gants qui contenait deux bouteilles. Sans hésiter, et sans commentaire, Divirtt lança une main tremblante et empoigna la flasque pleine, à laquelle il téta une, deux, trois, quatre longues gorgées. Puis, après une expiration odorante, il attendit, la bouteille dans une main et le bouchon dans l'autre, que l'alcool produise son effet.

— Si tu veux dégueuler, dit Torpe, pratique, descends la vitre.

Divirtt marmonna une réponse incompréhensible, dans un hochement de tête apparemment négatif. Il laissa la vitre de la portière comme elle était, aux deux tiers remontée. Le courant d'air fouettait le sommet de son crâne et embroussaillait ses cheveux. La pâleur quitta son visage progressivement, du haut en bas. Ses lèvres retrouvèrent leur rougeur habituelle. Il s'essuya une fois de plus dans l'épaule de son tee-shirt, s'envoya une nouvelle lampée, et tendit la bouteille à Torpe.

— A la bonne heure, dit Torpe.

Qui redonna ensuite la flasque pratiquement vide à Dirvitt.

— Il y en a d'autres dans les paquets, derrière, dit-il.

Mais pour Divirtt, et pour le moment, cela semblait suffisant. Il reboucha consciencieusement la flasque sur les deux ou trois petites gorgées qu'elle contenait encore. Il la garda en main.

— Nom de Dieu, dit-il.

— Sûr que ça secoue, admit le vieil homme.

Divirtt le regarda franchement, pendant une bonne minute, sans un mot. Comme une chose à faire dont on se souvient brusquement, pour laquelle on n'a pas eu vraiment de temps à s'accorder jusqu'alors. C'était juste un vieux type — dont on peut juste dire, concernant l'âge, qu'il est vieux — comme on en rencontre des centaines dans tous les petits patelins du Delta. Un vieux type avec des bottes de caoutchouc à lacets, une salopette trop grande, une chemise délavée au col largement ouvert sur un sous-vêtement douteux la tête coiffée d'un chapeau informe — et vous comprenez qu'il porte cette tenue d'un bout de l'année à l'autre, hiver comme été, traversant dans cet appareil frimas et canicules.

— Vous, ça n'a pas l'air de vous secouer, remarqua finalement Divirtt.

Et Torpe, qui avait supporté l'examen sans broncher ni lui faire l'aumône d'un coup d'œil, fixant la route :

— Moi, j'ai sans doute pas loin de trois fois ton âge, mon gars. J'en ai sans doute vu d'autres, et des pires.

— Sur votre lac ?

— Non, mon gars. Pas sur mon lac,

comme tu dis. J'ai pas passé ma vie sur le bord de c' trou d'eau.

Le whiskey avalé par Divirtt lui chauffait le sang et les idées. Il reprenait du poil de la bête aussi rapidement qu'il avait paru sur le point de se liquéfier quelques instants auparavant. Torpe le remarqua et se dit que (ce dont il avait déjà eu le pressentiment), de toute façon, choqué ou pas, le garçon devait faire partie de ces gens pas suffisamment cinglés pour qu'on les enferme, mais tout juste, jusqu'à ce que Dieu sait quel petit déclic se produise et leur fasse sauter le pas. Cela ne le gênait pas.

Pour se rendre où il espérait aller, traverser une partie du grand chaos, il avait besoin de quelqu'un. C'est-à-dire qu'il pouvait le tenter seul (il avait fait tant de choses, déjà, sans l'aide de personne — et pas simplement sans l'aide de personne, mais contre tout le monde...), mais pour une fois, une aide ne lui serait pas inutile. Une compagnie.

Torpe se disait qu'on risquerait moins de le repérer s'il était en compagnie de quelqu'un.

Et c'était curieux, car depuis cet étalement au grand jour de l'affaire, on semblait paradoxalement ne plus s'inquiéter de lui. A l'évidence, c'était trop tard. Ils avaient maintenant d'autres chats à fouetter, ils avaient des paniques autrement plus sérieuses à affronter. Comment pouvaient-ils encore se permettre de courir après *un seul* homme, dans tout ce chaos, cette infernale désintégration de tout un pays ?

Au début de ce qu'ils appelaient « la Sécession », ils avaient diffusé son portrait sur trente-six mille chaînes de télévision, dans des journaux. Le portrait d'Antony Burden, qui avait encore quelque chose de légèrement personnalisé, rien à voir avec ce qu'ils en avaient fait : cet actuel Torpe qui ressemblait, barbu et sale, à n'importe quel vieux bonhomme. Et c'est ainsi qu'en plein dans ce carnaval, Burden avait cessé d'avoir peur, au profit de la colère si longtemps ravalée, et qui allait peut-être lui permettre d'agir enfin en relative sécurité, de faire ce qu'il avait en tête et qui le rongeait depuis des mois : la dernière chose qu'il pût tenter : se venger.

Se venger de ce qu'on lui avait fait subir. A lui et aux malheureux de son acabit, style Collin Mc Tombe. Se venger de ce en quoi on l'avait transformé, lui : un semeur du fléau.

Le fléau qui frappait à découvert, maintenant, qui avait éclaté. Dans lequel il se sentait enfin en sécurité, ou presque, n'étant plus l'unique homme à abattre.

Et si pendant les premiers temps de sa vie de monstre, immédiatement après cette première affaire de Chadwick, Missouri, en août, si durant ces jours et ces nuits-là interminables il s'était mille fois posé la question de savoir comment trouver encore la force de vivre le lendemain, évitant tout contact avec les gens parmi lesquels il fuyait sans savoir ni trouver où se cacher, sans savoir si se cacher n'était pas de toute façon déjà trop tard et inutile, le mal fait... à présent, c'était fini. Les scrupules, les prudences... fini. Et envolée cette obsession, cette peur de contaminer. Terminé, tout cela.

Quant au scrupule qui pouvait exister concernant la contamination d'un type comme Divirtt, il tenait moins que tout autre la distance. Divirtt portait en lui, et depuis bien longtemps, sans le moindre doute, sa bonne part de folie...

— Et alors, mon gars, dit Torpe. Si tu m' parlais en clair de tout c' merdier dans lequel on dirait bien qu'on est ?

Divirtt, qui avait reporté son attention sur le paysage traversé, haussa ses maigres épaules. Il donna pendant trois secondes l'impression d'être réticent.

— Je peux pas y croire, dit-il.

— C'est pourtant c' que t'as vu. Ça s'est passé en rien d' temps, et quand tu disais tout à l'heure que t'étais bien content d' m'avoir rencontré, t'avais raison. Parce que sans moi, j' peux t' dire...

— Je parle pas de ça. J' parle de vous, grand-père. Que vous puissiez pas être au courant de ce qui se passe. Je parle de ça.

Torpe gloussa. Se tortilla sur son siège et s'accrocha un peu plus fort des deux mains au sommet du volant. Il gloussa encore.

— Qu'est-ce qui peut vous faire rire ? dit Divirtt.

— J' sais pas trop, mon gars. Toi, ta question, tout. C' que tu dis qu' tu comprends pas... Parce que t'es sûrement pas aussi étonné qu' moi j' l'ai été, y a deux jours quand j'ai tombé là-d'dans... (Il ricana, puis sérieux, poursuivit :) Y a pas à s'étonner, en fait. Les trois quarts du temps, j' sais pas c' qui s' passe autour de moi. J'ai fini d' m'y intéresser. Ça fait un moment. J' m'occupe d'attraper l' poisson qu'y m' faut pour manger et pour en vendre un peu, que j' sèche. Des bricoles. Ma télé est foutue, ma radio aussi, et même si elles marchaient, j' presserais pas l' bouton. Ça m' tracasse plus.

— Et celle-là ? fit Divirtt en désignant d'un mouvement mou l'autoradio.

— Celle-là ? Celle-là, bon Dieu, elle est tellement foutue qu' j'arrive pus à l'éteindre. J'ai encore d' la chance qu'elle émette rien.

Divirtt ne se fit pas prier. Il recommença son histoire, et au fur et à mesure qu'il parlait, son débit s'accélérait, son propos devenait incompréhensible. C'était Torpe qui le freinait avec des questions précises, et l'autre était forcé de reprendre son souffle, de s'interrompre et de réfléchir pour essayer d'y répondre correctement... sans paraître remarquer le moins du monde à quel point tout ceci était orienté par le vieil homme.

Il raconta à peu près clairement cette épopée de la Mississippian Wave. Et de la façon qu'il la racontait, on aurait cru que le massacre du groupe par l'armée régulière remontait à des semaines...

— Comment qu' vous pouviez croire que vous arriveriez à quelque chose ? dit Torpe. J' veux dire rallier des gens à vot' truc et foncer vers le nord, vers la Ligne ? Et encore moins la traverser...

Mais il ne laissa pas le temps à Divirtt de réciter ses arguments. Demanda :

— Et c' virus ? C't' histoire de cinglés qui s' prennent pour des Esquimaux ? Ce serait un type, ce je sais plus comment qu' tu m'as dit, qui le trimbalerait ?

— Burden.

— Hein ? Oui, ce Burden, donc... Ce serait d' type-là qui le trimbalerait, le fameux virus qui rend dingo, comme tu m'as dit ?

— Ce serait ça, approuva Divirtt.

Il se plongea un instant dans ses réflexions. L'une après l'autre, il tendait et détendait ses jambes, ajoutant à tous les bruits qui emplissaient la voiture le cliquetis des agrafes non bouclées de ses rangers. Il regardait le paysage défiler d'un air buté, faisant passer de sa main droite à la gauche la flasque de whiskey, et ainsi de suite.

— C'est l' cas d' le dire, fit Torpe dans sa barbe, sur un ton amusé.

— Le cas de dire quoi, grand-père ?

— Qu' c'est une histoire de fous, dit Torpe. Du temps où que j' regardais encore la télé, j'ai vu des histoires pareilles, c'est vrai, mais c'était du cinéma... Et j' dois dire que ce soit près d' mon lac ou depuis qu' j'en suis descendu, j'ai pas vu d'autres cinglés, ma foi, qu' ces militaires à Tutwiler et vous autres de la Mississippian Wave. T'énerve pas, mon garçon... J' dis pas ça en mal. T'en as vu, toi ? T'en a vu d' tes yeux, des malades du virus ? T'en as rencontré en chair et en os, depuis la déclaration d' quarantaine et tout c' bordel ?

Divirtt regardait Torpe en fronçant les sourcils.

— C'est une question toute simple, dit Torpe. T'en as vu, ou pas ?

Divirtt haussa une épaule.

— C'est pas que j'en aie vu ou non qui changerait quoi que ce soit, grand-père. Les cas existent. Vous prenez tous les journaux parus depuis trois mois, et vous les trouvez, ces faits divers en chaîne, sur le passage présumé de ce type. Ils sont là. Ils existent. Et c'est simplement ce qu'a fait ce journaliste qui a déclenché tout : il a recensé tout ça, il a remonté la filière.

— Remonté la filière, répéta Torpe, avec, une fois de plus, ce petit ricanement énervant.

Divirtt dit :

— Et les informations sont tombées d'elles-mêmes, parfaitement. La thèse officielle, que le gouvernement s'est un peu trop dépêché de réfuter, dans un premier temps — avant de plus en parler —, ce serait qu'ils faisaient des expériences.

— Ils ?

— Les gens de l'armée. Les chercheurs de l'armée. Des expériences sur le cerveau, la mémoire. Ce serait parti du fait qu'ils se sont demandé, au début, pourquoi qu'on se rappelait pas de notre toute première enfance. Voilà. D'après ce que j'ai pu comprendre. Si ça viendrait qu'on s'en rappelle pas parce que les souvenirs sont effacés — ce qui fait qu'on a des souvenirs —, ou alors parce que la structure même du cerveau se modifie. En quelque sorte, un souvenir, ce serait comme une boîte de conserve dans un magasin : alors on la retrouve plus parce qu'on l'a vendue, ou perdue, ça c'est le premier exemple ; ou bien on la retrouve plus parce que le magasin a été transformé : c'est le deuxième exemple. C'est là-dessus qu'ils cherchaient. Est-ce qu'un souvenir très fort peut résister à une modification de son support, en quelque sorte, ou même participer à sa composition.

— T'es costaud, mon gars, dit Torpe, admiratif. T'aurais fait ces r'cherches avec eux ?

— J'ai écouté ce qu'on disait. Je lis des revues, je suis pas ignare. Je m'intéresse aux choses scientifiques... N'importe qui peut le faire. Alors, ils ont cherché là-dessus. Et ils se sont servis de cas pathologiques, pour isoler des molécules de substances qui font la mémoire, en quelque sorte. Ils se sont servis de types qui avaient de fameux souvenirs ancrés en eux. Des anciens combattants bien secoués par la guerre, des types des services secrets, tout ça. Notamment un. C'est sur lui qu'ils ont ponctionné ces substances d'un souvenir d'une mission suicide au pôle, et ils l'ont injecté à un virus, pour l'étudier, je ne sais quoi. Et le virus s'est sauvé, voilà. Vous voulez mon avis ?

— J'attends qu' ça, mon gars.

— C'est une couillonnade, dit Divirtt avec un sourire tordu. Le virus existe peut-être, une saloperie de virus, mais c'est pas d'un laboratoire planqué dans un home de vétérans en Ozark qu'il s'est échappé. C'est d'un putain de satellite communiste.

— D'où que t'as dit ? fit Torpe.

— D'un putain de sat...

— Avant. Ce home de vétérans...

— En Ozark. Près d'Ozark même, la ville, au-dessus de Chadwick, ce bled où s'est produit le premier accident en août, là où est remontée la filière des infos. Pourquoi ?

— Pour rien, dit Torpe.

Et n'ajouta pas un mot. Plus un mot.

Ecouta Divirtt qui donnait sa version de l'histoire, sa conviction que toute l'affaire découlait d'une erreur, peut-être, mais une erreur soviétique, et non pas américaine... Puis Divirtt se tut à son tour, sécha la bouteille, qu'il replaça, vide, dans la boîte à gants.

Torpe conduisait les dents serrées... Au fond de lui, il souriait en permanence. Du coin de l'œil, ne perdait pas un geste de son compagnon, pas une seule de ses expressions.

Dans le milieu de l'après-midi, ils franchirent la limite du comté. La route était toujours incroyablement déserte, comme jamais elle ne l'avait été quand les gars de la Mississippian Wave auraient voulu qu'elle le soit. De temps à autre, Divirtt lâchait un bout de soliloque, à propos de ce qu'ils avaient vu là où ils étaient passés, durant leur périple de douze jours, ainsi qu'à propos de ce qu'il avait lu ici et là sur des explications *scientifiques* concernant ce qui pousse les gens à tout et n'importe quoi, par exemple la ségrégation...

Torpe était muet.

Jusqu'à ce qu'ils arrivent en vue de ces deux ou trois maisons, là-bas, dans les collines plates, sur le bord de la route, avant Dublin.

Torpe dit :

— Faut que j' te parle, mon gars, J' vais m'arrêter là. On va se détendre un peu, et j' vais te parler.

— Me parler de quoi ? fit Divirtt, soupçonneux.

— Attends un peu qu'on s'arrête. J' parie qu'une de ces baraques est un bar où qu'on pourra s' rafraîchir et s' reposer.

Pour le bar, il avait parié juste. Simplement pour le bar, car pour le reste, il ne s'attendait guère à ce qu'ils y trouvèrent et Burden parla à John T. Divirtt, comme il le lui avait promis, mais plus tard que prévu. Bien obligé.

CHAPITRE VI

Si les collines qu'on ne faisait que deviner une heure auparavant s'étaient maintenant matérialisées, de façon telle qu'on ne pouvait plus douter de leur appartenance à la terre (et non plus descendues de quelque mirage nuageux traînant bas sur l'horizon), elles ne soulevaient pourtant pas de façon radicale la platitude du paysage. Bien réelle, leur présence avait pourtant quelque chose de mouvant, et elles semblaient s'écarter au fur et à mesure qu'on allait vers elles, qu'on risquait peut-être de s'en approcher de trop près. Elles étaient là, à plusieurs *miles,* la distance et la brume d'hiver empêchant de distinguer nettement leurs imbrications, en une barre unie de teinte bleu-violet, comme un feston décoratif courant sur le rebord incurvé d'une grande cuvette. C'était ce genre de collines que vous escaladez sans peine, sans presque vous en apercevoir, en été, séduit tout entier par les odeurs qui y flottent et l'ombre des pins dans laquelle on se coule comme on pénètre dans l'eau tiède d'un bain.

Sinon, c'était toujours la même platitude.

Presque la même, à quelques petites différences et modifications près. Par exemple, des flaques et des traînées de ces pins descendus des collines, qui s'élevaient en nombre plus important, ici et là dans les légères dénivellations de terrain, comme pour dénoncer (plus que pour protéger de leur ombre, en ces temps frais et gris) la présence d'une grange massive ou d'un hangar à machines agricoles. Par exemple aussi, cette route droite, maintenant légèrement ondulante, n'était plus la seule : une autre, de terre jaune, sur laquelle en été le passage d'un simple rat devait soulever deux pieds de poussière, coupait la 49 à angle droit, venant des collines et filant vers les collines, formant donc ce carrefour esseulé au bord duquel se dressaient les trois maisons : les trois dernières puces au monde, eût-on dit, qui se seraient précipitées sur le dos du seul chien survivant.

Les trois maisons se rangeaient le long de la 49, côté droit, à quelque vingt ou trente pas du chemin jaunâtre, comme pour établir une certaine distinction et bien montrer à quelle catégorie de voyageurs elles prétendaient avant tout proposer la halte. Prétentieuses et hypocrites. Car il ne faisait pas l'ombre d'un doute que sans l'existence du chemin de terre jaune et des petits fermiers perdus dans les alentours qui l'empruntaient, les trois bâtisses n'eussent trouvé aucune raison valable de croître là plutôt qu'ailleurs, c'est-à-dire nulle part.

Il y avait un hangar, au large vantail grand ouvert telle une plaie sur le contenu d'un ventre, dans lequel s'entassait apparemment tout ce qui se relègue dans ce genre de hangar : voitures dont on n'a pu, ou voulu, se débarrasser d'une autre façon, et qui ne méritent pas l'abandon pur et simple au bord de la route, pneus, caisses remplies de vieux magazines, sacs-poubelles, boîtes de carton débordant de toutes sortes de détritus non périssables en attente de transfert pour quelque décharge, etc.

Il y avait un bâtiment aux cloisons ouvertes ; une vulgaire armature et charpente métalliques avec un toit de tôles ondulées et rouillées, abritant des cuves à fuel en matière plastique verte, des tas de bois coupé en bûches d'un mètre, et un tracteur d'un autre âge qui n'avait sans doute pas quitté l'endroit depuis le jour où on l'y avait placé (si on avait pu le faire et si, au contraire, le bâtiment n'avait pas été construit autour), comme la carcasse mafflue de quelque vieil insecte d'une espèce disparue qu'on gardait religieusement en exposition, laissant les mauvaises herbes croître alentour et des espèces de liserons grimper le long des roues avant.

Entre les deux bâtisses, il y avait la maison du relais proprement dit. De planches grises, avec un seul pan de toiture recouvertes de shingles gondolés, une façade droite qui dépassait d'un bon mètre le point haut du toit, un auvent courant tout le long et abritant une véranda ouverte. Tous les murs pratiquement recouverts de publicités métalliques, parmi lesquelles Coca Cola, Pepsi et Budweiser l'emportaient à une écrasante majorité, et dont le tiers encourageaient à l'achat impératif de produits qui n'existaient plus depuis longtemps.

Ce genre d'endroit dans lequel on ne vend que deux sortes d'essence, où on peut se désaltérer à dix sortes de bières et de boissons gazeuses, avaler une part de tarte aux pommes qui date toujours de la veille, acheter un magazine qui lui date de la semaine précédente, éventuellement aussi (Burden en avait connu de tels) se faire raser et tailler les cheveux, pour peu que le souci de ressembler ensuite à une photo de mode ne soit pas la condition sine qua non.

Cela s'appelait « Du lin Point 49 », en lettre découpées dans des panneaux de particules compressées peintes, le « b » s'étant décroché et ayant glissé sur la pente de l'auvent, où il s'était décoloré deux fois plus vite que les autres lettres encore verticales, en attendant que quelqu'un veuille bien se décider à le redresser (ce que le « quelqu'un » éventuel ne ferait jamais).

— Dublin, c'est pas avant quatre ou cinq *miles*, encore, dit Torpe, qui semblait connaître la région et avoir décidé de se rendre là-bas ; en tout cas d'y passer.

— C'est là qu'on va ? s'enquit Divirtt.

Torpe hocha la tête, dubitatif.

— Ça s' pourrait bien, mon gars... J' vais te le dire, où qu'on peut aller.

— Au bord d'un lac ? fit Divirtt en gloussant à la manière du vieil homme, du fond de la gorge.

L'absorption de l'alcool (et surtout son effet) paraissait lui avoir fait le plus grand bien, le partageant entre ses discours et commentaires de vulgarisateur « scientifique » et politique, et des périodes plus ou moins longues de profonde réflexion muette. Entre les deux, il y avait des temps de badinages, comme des accès étouffés et mal contrôlés de paisible jubilation, de plaisanteries plus ou moins fines, comme des coupes à vif qui faisaient resurgir le personnage du quotidien, tel qu'il avait pris l'habitude de se montrer aux clients de la station Tex, Vicksburg, Missouri.

— Non, dit Torpe. Pas au bord d'un lac.

Il freina, s'arrêta derrière l'unique voiture garée là : un break Cad 300, avec une plaque de l'Illinois, d'un rose parfaitement détonnant.

D'un coup de menton hirsute, Torpe désigna la Cad et dit :

— Tu vois ça, mon garçon ? Est-ce qu'on aurait forcé sans l' savoir cette sacrée ligne de blocus dont tu m' parles, et qu'on s'rait chez les Yanks ?

Il coupa le moteur. Le grésillement de la radio s'éteignit. Pendant quelques secondes, ils n'eurent à se mettre sous l'oreille, au-delà du bourdonnement qui s'y était installé après quelques heures de route, que les crépitements chauds qui tombaient comme les premières gouttes d'une averse d'été sous le capot de la voiture. Tout de suite, ou pratiquement, ils remarquèrent le silence alentour, un peu trop pesant. Un silence de la même texture que celui qui s'installe, un temps, quand vous interrompez une conversation dans laquelle vous n'étiez ni attendu ni souhaité. Sauf qu'ici, « la conversation interrompue » n'était de toute façon pas audible, ceux qui la menaient pas visibles : des fantômes.

Ce qui n'aurait rien eu d'étonnant, sans la présence de cette Cad stationnée devant l'auvent, à hauteur des pompes, comme un de ces gros bonbons pralinés roses dont on viendrait à peine de retirer le papier, sans pour autant (et Dieu sait pour quelle raison) le manger.

— Ils ont foutu le camp, dit Divirtt. On en a traversé des tas, des endroits pareils, déserts comme ces sacrés bateaux qu'on retrouve dans le triangle des Bermudes. Vous en avez déjà entendu parler ?

Torpe ne répondit pas.

— Plus déserts que le plat de ma main, dit Divirtt. Ils foutent le camp allez savoir où, sur les routes. On n'était pas les seuls à se dire qu'on pouvait forcer le blocus, à vouloir s'échapper de ce foutu grand camp d'extermination dans lequel ils...

— Ferme ça, mon gars, dit Torpe.

Une fois de plus, il désigna la voiture rose du même mouvement de menton. Puis il empoigna le fusil, entre les deux sièges. Comme tous les vieux types de son acabit, il avait la manière pour cela. Souriant sans retenue, Divirtt — qui avait décidément l'air de trouver le moment agréable — se dit que le vieil homme était sans nul doute aussi bon chasseur que pêcheur... Ils descendirent ensemble de la voiture, Torpe avec le fusil, Divirtt les mains vides ; Torpe refermant précautionneusement la portière, Divirtt claquant la sienne et s'attirant un regard de reproche désolé du bonhomme.

Si la Cad rose possédait un conducteur dans les parages, de deux choses l'une, dans un tel silence : soit il était mort, soit il se tenait planqué.

Torpe l'eût préféré mort. Planqué, on ne pouvait pas savoir pourquoi, ni dans quelles intentions. Planqué, cela signifiait aussi bien grelottant de trouille et prêt à fuir qu'au contraire à l'affût et le doigt sur la détente d'un fusil, lui aussi...

Tout le monde, effectivement, se baladait avec un fusil — comme si ç'avait été le premier mouvement instinctif de défense contre le virus en vadrouille, quand ils avaient appris la chose... Avant de devenir Timmy Torpe, dans une impasse de Tutwiler, Burden avait cessé de les compter, tous ces types qui couraient n'importe où et dans tous les azimuts, un flingue en main, à découvert et sous le nez de la police — quand ils ne comptaient pas des policiers, précisément, dans leurs rangs. Et ce type à qui il avait volé la Cooper Bag empestant le poisson, sur la rive ouest d'Enid Lake dans le comté de Yalobusha, Mississippi, avait lui aussi un fusil. Dont il s'était servi. Allez savoir si ce n'était pas une de ses balles qui avait coupé quelque circuit électrique, ou n'importe quoi, et bousillé la radio ? Torpe (ni Burden avant lui) n'avait pas vérifié...

Il alla faire le tour de la Cad rose, jetant des coups d'œil, prudents d'abord, puis franchement plongeants, à l'intérieur du break. Divirtt le laissa faire en ayant l'air de trouver la chose amusante. Il attendit que Torpe le rejoigne sur la véranda où il était grimpé.

— Pas de vampires ou de morts vivants ? fit-il.

Torpe ne lui jeta qu'un coup d'œil, mais un peu comme s'il avait été, lui, le mort vivant. Moins de six heures auparavant, ce type (Divirtt, John T.) échappait d'extrême justesse, en fait par le plus grand des miracles, au massacre qui anéantissait son groupe de vengeurs imbéciles, et s'il en avait paru choqué un moment, il possédait tout de même une faculté peu ordinaire de réadaptation : après avoir pris tout son temps pour dépeindre de façon plus qu'expressionniste (avec des phases hyper-réalistes incontestables) la situation, le voilà qui donnait l'impression d'avoir tout oublié, comme un de ces affabulateurs mythomanes détachés du mensonge proféré quelques instants plus tôt et dans lequel ils se sont investis de toute leur âme : le voilà qui semblait trouver la situation amusante, comme un visiteur bonasse qui vient de payer son ticket d'entrée et met les pieds dans l'enceinte de Disney World.

— Okay, mon gars, dit Torpe. Alors, passe devant.

Divirtt n'hésita pas une seconde. Ouvrit la contre-porte grillagée, que Torpe bloqua du bout du pied ; ouvrit la porte tapissée de réclames de marques d'essences et d'huiles ; entra. Les agrafes ouvertes de ses rangers cliquetaient.

— Alors, grand-père ? cria-t-il d'une voix infernale, quatre fois trop haute, à la fois grinçante et tonitruante.

Torpe entra.

— Ils ont foutu le camp, nom de Dieu ! dit Divirtt. C'est tout, et pas autre chose. Envolés. Devait y avoir un type, ici, avec sa femme, au mieux, et ça faisait deux de trop pour un endroit pareil, après qu'ils aient écouté ce qui se passait.

Tout en parlant, il regardait autour de lui, à la recherche de quelque chose. Torpe également... mais poussé par une autre curiosité.

C'était une salle de bar-snack identique à mille autres. Du même tonneau que ce qui vous tombe brutalement sous les yeux quand vous roulez depuis une éternité sur une route perdue de cambrousse et que vous commencez à vous demander où et quand vous allez pouvoir faire le plein du réservoir ; et alors, dans un grand soulagement, vous oubliez le voyant rouge du tableau de bord ; pour un peu, vous embrasseriez le patron maussade à l'air mi-endormi mi-finaud qui vous vend son essence, ses beignets, son Coca et sa bière deux fois le prix ordinaire demandé sur n'importe quelle *highway*. Un comptoir, et, derrière, un passe-plats dans le mur soutenant des étagères et des rangées de bouteilles, qui donnait sur la cuisine. Sur le comptoir, le percolateur, des verres, des tasses vides, une boîte de bière ouverte, et sous la cloche trois pièces de gâteau dont la crème avait pris une couleur bizarre (mais pas plus bizarre que certaines fois, quand une serveuse vous proposait de payer pour en manger). Dans la salle, quatre tables, rangées le long des murs, sous les fenêtres et contre la cloison intérieure, entre les deux portes fermées dont une portait le mot

« PRIVATE » peint au pochoir à même le panneau et s'ouvrait certainement sur la chambre des propriétaires. L'autre porte étant réservée à l'usage des buveurs de bière de passage.

Après qu'il eut soumis les lieux à un rapide examen visuel, Divirtt se tourna vers Torpe et une expression de complète hébétude était tombée sur ses traits.

— Ils ont embarqué leur télé avec eux ! dit-il.

Torpe avait eu le temps de vérifier, allant jusqu'au passage ouvert de la cloison qui séparait la salle des « cuisines », que personne ne se cachait sous les tables de travail, ni entre les blocs des frigos et ceux des fourneaux. Restaient ces deux portes fermées. Divirtt passa derrière le comptoir, excité, furetant, touchant à deux mains cette étagère vide au pied d'acier en contrefort qui avait supporté, à l'évidence, le poids d'un récepteur, comme s'il ne pouvait pas y croire. Il saisit une bouteille et repassa de l'autre bord du comptoir.

— Ils foutent le camp, et ils emportent leur télé, leur chaîne hi-fi laser, leur poste de radio et celui des mômes ! J'en ai vu des centaines, leurs voitures chargées de tout ce bazar. A peine de quoi laisser la place aux enfants ! C'est dingue, non ?

— Pas plus dingue que ce que t'es en train de faire, dit Torpe. Ils sont comme toi, sans doute : ils veulent pouvoir suivre les nouvelles.

— Putain, dit sombrement Divirtt, fixant le contenu de la bouteille qu'il avait débouchée.

Torpe ouvrit la porte des W.-C., passa la moitié du corps dans le réduit, se retira et referma la porte avec une grimace de dégoût sur les lèvres. Divirtt s'était déjà précipité, ouvrant, lui, l'autre porte : « Private. » Il réapparut, hochant négativement la tête. Il but une gorgée à même le goulot de la bouteille, tendit celle-ci à Torpe, qui refusa d'un mouvement de tête.

— Vous aviez dit qu'on allait pouvoir se rafraîchir, dit Divirtt.

Torpe prit donc la bouteille et avala une petite gorgée. Il se dépêcha de rendre le flacon, reprenant son fusil à deux mains avant même que l'alcool avalé n'ait atteint son estomac.

— Et parler, dit Divirtt. Se rafraîchir et parler.

Torpe acquiesça. Il regarda encore une fois autour de lui, choisit une table — la plus proche —, à laquelle il s'assit dos au mur, de manière à pouvoir surveiller toute la salle et toutes les portes, et l'extérieur aussi, en partie, à travers les carreaux crasseux et poussiéreux. Il posa le fusil en travers de la table, sans le lâcher, le doigt toujours sur la détente.

Divirtt était là, debout, sa bouteille à la main, couvant le moindre geste de Torpe de son air amusé — et énervant — qui avait refait surface après l'hébétude stupéfaite. Il dit :

— Vous êtes sacrément content de m'avoir fauché ce flingue, hein, grand-père ?

— Assieds-toi, dit Torpe. Reste pas là comme un poteau signalisateur au bord d'une route.

D'où il se tenait, il voyait parfaitement la Cad rose et ses abords immédiats, mais devait pencher la tête pour apercevoir davantage que le capot de son propre break. Il se disait qu'il y avait surtout à surveiller la Cad.

Divirtt s'exécuta, accompagnant son geste d'un petit grognement amusé qui tressauta au fond de sa gorge. Il tira une chaise de manière à ne pas gêner le « champ de vision » de Torpe, s'assit sur le bord, et tressaillit comme s'il allait perdre l'équilibre quand la chaise plongea de côté, des deux centimètres manquants à sa patte bancale. Il gloussa et but une gorgée. Il avait la tête comme un de ces vieux balais hirsutes auxquels manquent plusieurs touffes de la brosse, laissant voir le support de bois ou de plastique. Des rougeurs parfaitement limitées, comme des touches de maquillage, incendiaient ses pommettes, soulignant davantage encore s'il le fallait l'enfoncement de ses yeux dans leurs orbites caverneuses. Il lui fallait tendre le bras, et même se pencher, s'il avait voulu poser la bouteille sur la table ; aussi ne la fit-il pas et la garda-t-il entre ses cuisses, droite, coincée, avec les deux mains posées dessus comme sur le pommeau d'une canne.

— Qu'est-ce que tu m'as dit, tout à l'heure, mon garçon ? demanda Torpe.

S'il savait très bien à quoi il faisait allusion, lui, et très précisément dans tout ce que Divirtt avait pu lui raconter pendant tout ce temps que l'expression « tout à l'heure » cernait très mal, à l'évidence ce n'était pas le cas de l'autre. Torpe précisa :

— Au sujet de ce qu'on raconterait, à t'entendre... au sujet de ce home de *vets* quelque part en Missouri, d'où se serait échappé ce sacré virus qui provoque tout ce bataclan.

— Version officielle, dit Divirtt. Controversée juste ce qu'il faut par les autorités et par la voix du gouvernement, au début. Et puis plus rien… C'est peut-être vrai, mais ça me paraît bien gros, à moi. On me fera guère avaler facilement que des labos de recherches militaires puissent se cacher…

— Où c'était, exactement ? coupa Torpe.

Il ne regardait pas son compagnon, surveillait à travers la fenêtre cette satanée Cad rose comme s'il s'attendait à ce qu'elle explose d'une seconde à l'autre et ne voulait surtout pas manquer cela.

— Ce foutu virus de merde est peut-être pas sorti d'un labo américain, dit Divirtt. J' veux pas y croire… Ou alors, je sais pas… Ou alors, ces salauds de Yanks auront à nous payer ça, d'une façon ou d'une autre. Pour avoir fait ce qu'ils ont fait… et même pas dans le nord, même pas dans une de leurs putains de…

— Où, nom de Dieu, mon gars ?

Divirtt ne souriait plus. Une fois encore, son expression comme son état d'esprit s'étaient métamorphosés en moins d'un quart de seconde, avec la violence d'un couperet qui tombe sur le bloc de bois dur de l'étal d'un boucher.

— Ozark, je pense, dit-il. Ozark, c'est ça. Missouri. La ville d'Ozark. C'est pas loin de là, à Chadwick, que le premier cas de folie déclenchée par cette mémoire folle s'est produit.

— Chadwick... fit pensivement Torpe.

— Vous connaissez ce bled ?

Torpe jeta un coup d'œil en biais vers Divirtt. Juste un coup d'œil, assorti d'une grimace amère. Il reporta aussitôt son attention sur le dehors, à travers la vitre... mais son œil était tout à coup pratiquement aussi terne que le carreau, aussi gris, opaque et poussiéreux.

— Pendant un moment, dit-il, j' me suis d'mandé si j' rêvais, tout à l'heure, quand je t'ai entendu prononcer ce nom-là. En fait, ça n'a pas duré qu'un moment... parce que si tu veux savoir, j' me suis d'mandé si j' rêvais jusqu'à maintenant. J'ai tourné et retourné tout ça dans ma tête...

Il se tut, gardant la bouche ouverte un instant, comme si les mots qu'il avait préparés après « avoir tourné et retourné tout ça dans sa tête » se refusaient à sortir. Divirtt, rigide, le surveillait d'un air sévère qui se transformait progressivement en expression franchement accusatrice. Torpe referma les lèvres avec un petit clapement sec. Puis les rouvrit ; il allait parler, mais quelque chose, à ce moment précis, l'en empêcha. En même temps que son corps se tassait sur sa chaise, que sa main se crispait, prête à saisir, sur le pontet du fusil, il tendit curieusement le cou et les fanons de peau sèche et barbue qui tombaient de sous sa mâchoire se déplissèrent. Il écoutait, braquant un regard pointu, qui ne cilla pratiquement pas pendant une demi-minute, sur la Cad garée devant la station. Un bruit léger, comme un frôlement, traversa le silence de part en part, quelque part dans la maison, d'un bord du plafond à l'autre — Divirtt leva le nez, fronçant à ce point les sourcils et plissant les paupières de telle sorte que son regard n'était plus que deux petits points gris —, mais ce n'était pas ce genre de bruit qui retenait l'attention de Torpe, et toute une colonie de rats aurait pu prendre position dans le faux grenier sans que cela fît bouger un cil au vieil homme.

Puis il se détendit, relâcha sa respiration suspendue. Mais quand il parla, ce fut sur le ton rauque et bas de la confidence, comme s'il redoutait la présence d'une cinquantaine d'oreilles invisibles collées aux murs de la pièce :

— J' connais Ozark, oui. La ville. Et aussi Chadwick, qui s' trouve à quelques *miles* de là. Et j' connais cet établissement pour *vets*. Le V's Home, que ça s'appelle. C'était dirigé par un type du nom de Morgansen. Le V's Home d'Ozark, oui.

Divirtt, cette fois, ouvrait des yeux comme des soucoupes, et la bouche pareille, qui s'agrandissait, prête à cracher quelque exclamation abasourdie.

— Du calme, mon gars, dit Torpe.

— Comment diable vous connaissez cet endroit ? fit Divirtt.

— J'y ai passé un bout d' temps dans ma vie, dit Torpe. Quelques années.

CHAPITRE VII

Divirtt laissa tomber ses épaules en avant, comme s'il accusait, au ralenti, une brusque poussée entre les omoplates. Les phalanges de ses doigts noués sur le goulot de la bouteille blanchirent.

— C'est comme ça, mon gars, dit Torpe, s'exprimant toujours comme s'il avait scindé en deux occupations indépendantes d'une part la parole, d'autre part la respiration. J' peux m' rappeler. Ça remonte à quelques années, c'est sûr, mais j'y ai suffisamment passé d' temps pour me souvenir.

— Nom de Dieu ! souffla enfin Divirtt, avec un petit grincement final et suraigu dans la voix. Vous étiez dans ce home pour *vets* où ils faisaient des expé...

— Tout doux, mon garçon, dit Torpe.

Le temps d'un coup d'œil apaisant qu'il adressa au jeune homme, il cessa de surveiller la rue à la façon d'un oiseau de proie qui a repéré un mulot : rien qu'un simple et unique coup d'œil. Divirtt se tortilla un peu sur sa chaise, sans plus, n'exprimant pas outre mesure les ravages que provoquait sur son système nerveux ce tourbillon d'impatience incrédule levé en lui. Torpe dit :

— Aussi vrai que j' m'appelle Timmy Torpe. Et la première chose que j'ai faite dans ma vie, quand j'ai eu compris c' que pouvait être mon existence dans ce bled de Louisiane où j' suis né, ça a été d'en foutre le camp. Pour m'engager dans l'armée. C'est pourquoi j' sais de quoi j' parle, quand j' te parle des soldats, mon gars. J'en étais un. J' l'ai été longtemps. Trop, p't'être. Un soldat sans uniforme, c'est c' que j'ai été, oui. Et puis... Bon. Effectivement, le V's Home d'Ozark était rempli de ce genre de types : des types dans mon cas. Un peu secoués. J'y suis resté cinq ans, et j'en ai eu ma claque, et j'étais suffisamment remis sur pattes, faut croire, pour qu'y décident que j' pouvais être lâché dans la nature, avec tous les autres singes en liberté, mes frères. Et ça va faire quatre ou cinq ans qu' j'en suis parti, avec ma pension. Traîné ici et là, un temps, avant d' me fixer sur l' bord de mon lac... Comment qu' tu dis qu'y s'appellerait, çui-là qui avait des cauchemars de Pôle Nord qu'on lui aurait... ponctionnés et qu'ils auraient injecté dans un virus ?

— Mc Tombe, dit Divirtt sans hésiter.

Torpe réfléchit un court instant, hocha la tête négativement.

— J' me souviens pas. C'est un nom qui m' dit rien... Mais ça signifie rien non plus, que j' me rappelle ou non. On frayait pas souvent ensemble : on avait assez d' compagnie avec c' qui nous roulait dans la tête. Et l'autre ?

— L'autre ?

— Celui qui baladerait l' virus avec le cauchemar de Mc Tombe ?

— D'après ce qu'ils disaient dans les journaux télévisés : Burden. Je suis plus certain du prénom. Burden.

Même mimique de Torpe. Puis :

— C'est pareil. Des Burden, ça court les rues, dans ce bon vieux Dixie. J' me rappelle ni d' l'un, ni d' l'autre. Ça veut p't'être dire qu'ils étaient déjà là et que je les ai pas remarqués, ou alors qu'ils sont arrivés après mon départ. Ça défilait, dans le V's Home d'Ozark.

— Mais bon sang, alors, ça voudrait dire que l'information qu'ils ont dénichée...

— Ça voudrait dire... ça peut vouloir dire... une chose, mon gars. Celle-ci : que tu peux te débarrasser de c't' idée d'un virus « saupoudré » par les communistes. Que la version de l'accident à V's Home est correcte. Parce que, tu vois, ils faisaient effectivement des tas d'expériences sur nous. Pour nous soigner, évidemment. Sauf qu'on n'était pas assez malins pour vérifier quoi que ce soit. On était loin d'être assez malins pour discuter d'égal à égal avec les toubibs, déjà dans l'état où qu'on était, et puis même... Comment t'irais discuter d'égal à égal avec ce Morgansen ?

— Oui ! couina Divirtt. (Torpe lui adressa un nouveau coup d'œil, sourcils froncés.) Oui, reprit Divirtt, presque à voix basse. Je crois bien me souvenir que ce nom a été prononcé. Morgansen. Je crois bien.

Torpe acquiesça dans le vide.

— Prises de sang, électroencéphalogrammes, etc., sans parler de toutes sortes de contrôles du sommeil, et le reste. Comment qu'on pouvait savoir la finalité d' tout ça ?

— Vous êtes un témoin ! s'excita Divirtt. Un témoin ! Et des témoins, on n'en trouve pas, à ce qu'on dirait. On n'en trouve plus. Vous en êtes un. Vous pourriez prouver que ces satanés Yanks de la Recherche militaire ont...

— Tout doux, mon gars... Prouver ?...

Tout c' que j' sais, c'est qu' j'aimerais bien aller faire un saut du côté d'Ozark, pour voir comment ça se présente. C' qu'il en est... Ils ont dit c' que c'était devenu ?

Divirtt ouvrit la bouche, mais nul son n'en sortit. Il secoua négativement la tête

— Mon gars, à nous deux, on pourrait p't'être se donner un coup d' main. Aller voir par là-haut, qu'est-ce que t'en dis ?

Ce qu'en disait Divirtt ne nécessitait pas d'être traduit en paroles.

— J' pense que faire ce bout d' chemin à deux, c'est plus facile que chacun d' son côté. Ça leur plairait sûrement pas d' voir un ancien... « témoin », comme tu dis, retourner à la source... Pas plus qu'un survivant d' la Mississippian Wave... Hein ? Alors que si j'étais ton vieux père, par exemple, et qu'on cherchait à rejoindre j' sais pas qui d' not' famille... Non ?

— Nom de Dieu ! s'exclama Divirtt.

— Bon, dit Torpe.

Et il se leva. Avec une imprévisible brusquerie qui laissait croire qu'un ressort s'était détendu sous ses fesses.

— Trouve un carton, quelque chose, remplis-le de quoi bouffer et boire, pour nos pique-niques. D'accord, mon gars ?

Avant la fin de l'interrogation, Divirtt était déjà en train de s'exécuter. Torpe le regarda s'agiter et jurer, ne bronchant que de la tête, à petits coups rapides, surveillant tantôt l'agitation de son « fils », tantôt la fenêtre et le dehors. Puis, Divirtt revint des cuisines du snack déserté, un carton débordant de conserves et de bouteilles tenu à pleins bras.

— Suis-moi, dit Torpe.

Il sortit, son fusil prêt à tirer qu'il tenait néanmoins avec la nonchalance d'un vieil habitué. Sans une hésitation, il marcha vers la Cooper Bag, s'arrêta à deux pas.

— Sortez d' là ! dit-il sur un ton sec, sans crier néanmoins.

Un ordre qui claqua tel un coup de fouet dans le silence.

Quelque chose bougea à l'arrière du break, bougea et fit bouger l'amoncellement de caissettes et le bric-à-brac qui débordait du coffre sur une partie de la banquette arrière.

Puis la tête échevelée, d'un blond sale, fit son apparition derrière la vitre de la portière.

Divirtt jura.

— Tout doux, dit Torpe, pour personne en particulier, sinon peut-être pour lui, bien qu'il n'eût pas l'air d'être démonté et encore moins surpris par la présence de cette fille dans la voiture. Vous pouviez guère vous confondre avec tout ce bordel, poursuivit-il, à l'adresse de la fille, cette fois. J' vous ai entendue ouvrir la portière.

Elle s'agita, les épaules secouées, et Torpe lança un « Stop ! » net et cinglant. Elle se figea. Tenant son fusil d'une main, Torpe, de l'autre, ouvrit la portière, et cela produisit pour effet d'extirper pratiquement hors de la voiture la fille qui se cramponnait à la poignée d'ouverture manuelle de la vitre. Qu'elle ne lâcha point, s'y appuyant au contraire, tandis que ses jambes se dépliaient de sur la banquette où elle se tenait recroquevillée dans le faible espace disponible, que ses pieds frappaient le sol. Et elle resta ainsi un court instant, assise encore, mais à peine, du bout des fesses sur le rebord tassé de la banquette, assise... à moins qu'en train d'hésiter sur l'opportunité de s'élancer en avant pour tenter une fuite... comprenant très vite que ce n'était certainement pas la meilleure solution, tandis que Torpe, qui avait de nouveau reculé d'un pas, la braquait sans trembler avec son fusil.

Un peu de temps coula ainsi, statufiant le trio ; et puis un peu de temps pendant lequel ils échappèrent progressivement à la pétrification.

Elle avait entre vingt et vingt-cinq ans. Des épaules de nageuse, une forte poitrine, des hanches larges, ce qui n'en faisait pas pour autant une de ces innombrables « grosses jeunes femmes » composant typiquement le tiers de la population, abreuvées de sodas gazeux et nourries de beurre de cacahuètes et de plats congelés transitant par le four à micro-ondes. Une costaude, mais pas une « ronde ». Son visage était carré, avec un menton volontaire, une bouche large, des yeux très pâles. Ses cheveux blonds décolorés formaient une masse embroussaillée dans laquelle ni le peigne, ni la brosse ne s'étaient certainement plus aventurés depuis longtemps... au moins depuis aussi longtemps qu'elle n'avait eu l'occasion de prendre une douche. Mais sous la saleté et cette apparence « sauvageonne », elle pouvait être jolie. Probablement.

Ce que Torpe remarqua d'abord, c'était qu'un des hauts talons de ses boots avait disparu. Pour le reste, elle était vêtue de pantalons jeans, d'un gros pull de laines multicolores, sur une chemise de jean dont le col froissé était fermé au dernier bouton. Une écharpe rouge, pratiquement filiforme, tombait jusqu'à ses genoux.

Ce que Torpe remarqua ensuite, ce fut qu'elle faisait un grand effort pour réprimer le claquement de ses dents. Puis son teint pâle, sous les marbrures de saleté. Il mit tout cela sur le compte de la peur, dit d'une voix plate :

— Allons, descendez de là, mademoiselle. Z'êtes toute seule ?

Cette interrogation n'était sans doute pas ce qu'il y avait de mieux pour rassurer la fille. Elle n'y répondit pas. Elle dit :

— Je ne voulais pas vous voler, ou je ne sais quoi... Je vous assure, monsieur.

L'accent de sa voix rauque correspondait à l'immatriculation de la Cad rose.

Elle frissonna, lâcha la poignée de portière. Ses mains tremblaient tandis qu'elle entortilla plusieurs fois le cache-nez autour de son cou.

— Emmenez-moi avec vous, dit-elle.

Elle frissonna encore et laissa claquer ses dents. Ses yeux très pâles brillaient d'un éclat humide.

— Nom de Dieu ! s'exclama Divirtt, à trois pas derrière Torpe et toujours avec son carton de victuailles qu'il tenait à pleins bras. Reculez, grand-père ! C'en est une, elle est touchée !

Il glapit littéralement « C'en est une ! », exécutant lui-même la recommandation lancée à Torpe : il recula jusqu'à ce que ses talons cognent contre la marche de la véranda.

Machinalement, Torpe fit un pas en arrière, par réflexe, avant de retrouver ses esprits que l'apparition de la fille, sa supplique étrange, et surtout l'exclamation de Divirtt, avaient embrouillés un instant.

— C'est une dingue, elle est atteinte ! cria Divirtt. Elle pète de froid, elle est...

— Ferme ça, *fils !* dit Torpe, cinglant. Ferme ça, mon garçon !

La fille tremblait de tout son corps, à présent. Toute cette tension qu'elle avait pu maintenir un moment en suspens s'effondrait. Elle ne savait que faire de ses mains, qui trahissaient le plus violemment l'état dans lequel elle se trouvait, et finit par les joindre, pressant ses paumes l'une contre l'autre, croisant ses doigts. Cela n'empêcha rien du tremblement de ses épaules et de ses lèvres.

Elle se tenait là, massive et dans un état de dépendance, d'abandon, de fragilité absolue.

Torpe hocha la tête, plissa les paupières ; il fit quelques petits bruits, comme des clapotements, avec sa bouche. Puis, il plia les jambes, s'accroupit un genou en terre, l'autre dressé et sur sa cuisse plate le fusil posé horizontalement.

— Qu'elle sorte de là ou non, dit Divirtt,

moi je monte plus dans cette sacrée bagnole. C'est foutu.

Torpe fit comme s'il n'avait pas entendu. Il demanda à la fille :

— Qu'on vous emmène avec nous ? Pourquoi, grands dieux, qu'on ferait ça, mademoiselle ?

Elle eut effectivement l'air de se le demander aussi. Et de se rendre compte, une seconde, à quel point la requête était folle.

— Je ne supporte plus d'être toute seule, souffla-t-elle. Je suis toute seule, dans ce chaos. Je n'y comprends plus rien, plus rien... Je veux rentrer chez moi, monsieur...

— Illinois ?

— Oui. J'étais à New Orleans quand tout cela s'est... s'est abattu. J'étais... Oh, je ne peux plus supporter de faire un mile de plus toute seule. Je me suis arrêtée ici il y a un jour, hier, et il n'y avait personne — *personne*. Et sur les routes, c'est le contraire. Les grandes routes, Mon Dieu, on a essayé de me voler cette voiture au moins dix fois ; on me dit que je ne pourrai plus rentrer chez moi. On me dit...

— L'écoutez pas, lança Divirtt.

Il se mit à gémir à son tour, dévidant à cette vitesse qu'il prenait parfois des propos incohérents, du fatras desquels il se demandait surtout ce qu'ils allaient faire et comment ils allaient quitter cet endroit, maintenant, « alors que les deux voitures étaient contaminées »...

— John ! cria Torpe (et Divirtt se tut, net, comme si, littéralement, le cri du vieux lui avait coupé la gorge) ; bon Dieu, mon garçon, ferme ça ! Que ces deux voitures soient ou non contaminées, comme tu dis, il faudra bien se résoudre à en prendre une quand même... parce que rester ici dans un lieu qui est tout autant contaminé depuis hier, ce n'est pas non plus une solution. (Divirtt gémit entre ses dents : il n'avait pas envisagé cette hypothèse-là...) D'autre part, mon gars, j'en ai encore jamais vu qui soient touchés par le virus, mais j'en ai vu plus d'un qu'avaient la grippe... Et cette personne en tient une carabinée. Depuis quand qu' vous êtes dans c't' état, miss, avec au moins quarante de fièvre ?

— Trois... quatre jours, je ne sais plus, dit la fille. J'ai avalé tous les cachets d'aspirine que je possédais, j'ai volé des antigrippines dans un drugstore abandonné... Prenez ma voiture, monsieur, si vous voulez. Elle est plus puissante...

— Miss, dit Torpe en assurant son équilibre sur son pied gauche qui s'ankylosait, calmez-vous. On va pas vous laisser là — même si c' que l' gamin dit est vrai, ça change quoi, à présent ? Et d'autant plus qu' des endroits contaminés, comme y dit, on en a tous traversé sans doute des tas, d'puis un moment. Et des personnes contaminées, on en a croisé des tas aussi, j'imagine. Alors... J' m'appelle Timmy Torpe. Lui, c'est mon garçon : John. Vot' nom à vous, c'est quoi ?

— Helen Cuire.

— Alors, Helen, on peut prendre les deux voitures pour filer d'ici. On va vers le nord, nous aussi, mais sûr qu'on vous conduira pas jusqu'en Illinois. On va juste faire un bout d' chemin avec vous. Ça va ?

— Non ! dit Divirtt.

Torpe soupira, se releva. Il secoua sa jambe gauche que des fourmillements parcouraient. Divirtt, s'il semblait avoir repoussé le spectre de la « contamination », n'en était pas moins visiblement décidé à ne pas se laisser embarquer dans cette aventure. Quoiqu'avec lui — et Torpe commençait par le savoir —, l'humeur pouvait changer radicalement d'orientation d'une seconde à l'autre.

— On se sépare pas, dit Divirtt. Je sais ce que ça peut donner de se séparer.

— Alors, dit Torpe, on prend la voiture de la demoiselle.

Il soutint le regard de Divirtt, sans ciller, avec une fermeté qui pouvait sans doute signifier quelque message secret, indicible en présence d'un tiers, que Divirtt ne comprit pas mais qui suffit à le convaincre, et ce rien que parce qu'il en soupçonnait la possibilité effective.

— Bon, dit Torpe. On va transférer un peu de notre bric-à-bras dans votre voiture, miss. C'est vrai qu' cette Cooper Bag, d' toute façon, serait p't'être plus allée bien loin sans ennuis. Ecoutez-moi. Nous autres, mon garçon et moi, on va rejoindre de la famille quelque part dans le nord du pays. Si ça s' complique, on dira qu' vous êtes ma nièce, et qu' c'est chez vos parents qu'on va. Qu'on vous raccompagne. Mais attention : chez des parents qu'habitent dans un des Etats du sud. On va dire le Tennessee. Parce que c'est pas la peine de leur parler d'au-delà d' la ligne de démarcation : c'est juste le bon moyen d' se faire refouler Dieu sait où. D'accord ?

Elle acquiesça vigoureusement de la tête. Elle ne serait plus frissonnante de fièvre *seule,* et perdue sur les routes ou dans des endroits désertés *seule :* à partir de cela, de ce qu'elle souhaitait pour l'instant le plus au monde, elle aurait accepté tout ce qu'on lui racontait.

— Eh bien voilà, dit Torpe, l'œil allumé et sur le ton de quelqu'un qui viendrait de désembrouiller le problème auquel il s'est attelé depuis une éternité. Est-ce que t'as pris des cigarettes, mon garçon ?

Divirtt, talons toujours calés contre la marche de la véranda, assura d'une secousse le carton qui glissait dans ses bras. Il braquait sur Torpe et la fille (principalement Torpe) un regard scrutateur, pointu, probablement dans l'attente de lire un signe du vieux qui lui eût fait comprendre le sens caché de cette connivence qu'il avait cru pouvoir supposer quelques instants auparavant. Quand il regardait la fille, c'était avec un mélange (encore) de méfiance — pas véritablement convaincu qu'elle ne souffrait que d'une grippe — et d'hostilité. Il acquiesça distraitement à la question de Torpe.

— Parfait ! dit Torpe, manifestant pour les trois une énergie qui ne demandait qu'à être consumée sans attendre. Eh bien, on va faire c' qu'on a dit.

Et ils le firent. C'est-à-dire, surtout Divirtt, qui ouvrit les hayons des deux breaks et transféra de la Cooper Bag à la Cad les quelques caissettes que lui désignait

Torpe, et qui rejoignirent le carton de victuailles ainsi qu'une valise unique appartenant à Helen Cuire. La fille regarda faire, toujours grelottante. Elle ouvrit la bouche deux ou trois fois, comme si elle avait l'intention de dire quelque chose, mais sans proférer un son ; peut-être était-ce tout simplement afin de respirer plus commodément : ce que ses sinus enflammés et encombrés ne lui permettaient pas. Torpe dit, à son adresse :

— Si vous n'avez volé que d' l'antigrippine, c'est pas grand-chose... « Voler », j' crois qu' c'est un mot qui signifie plus grand-chose, à l'heure qu'il est.

Elle essaya de sourire. Dit qu'elle avait aussi fait le plein, la veille...

Torpe fit « hé ! hé ! », d'un air gai. Il avait l'air ravi de cette nouvelle compagnie. Il aida la fille à se mettre sur ses jambes, la soutenant d'une main sous le coude, et quand elle fut debout sur son unique haut talon, elle le dépassait de deux bonnes têtes. Elle donnait l'impression de peser à elle seule le poids de Torpe et Divirtt réunis.

Torpe prit le volant de la Cad rose. Divirtt s'installa à côté. La fille à l'arrière. Elle tira une couverture — en réalité le plaid qui recouvrait la banquette — dans laquelle elle s'enroula, avec des gestes totalement chaotiques. On entendait claquer ses dents.

Le premier geste de Divirtt fut de mettre en marche la radio de bord et de tripatouiller le bouton des stations. Il en attrapa quelques-unes, mais qui n'émettaient que de la musique, ce qui, dans le contexte, avait une force d'incongruité peu ordinaire.

Un mile ou deux avant Dublin, la fille recroquevillée sous son plaid, couchée en chien de fusil sur la banquette, semblait dormir. Elle respirait rauquement par la bouche.

Torpe dit :

— C'est pas plus mal, mon garçon. On ramène ta cousine chez ses parents, disons à Springfield, Missouri... Et c'est cette direction qu'on va prendre, parce que ça passe par Ozark. Et on va laisser tomber les petites routes, sans quoi, dans six mois, on s'ra pas encore arrivés.

— Vous croyez pouvoir m'emmener jusqu'à ce V's Home ? demanda Divirtt.

— Si c'est faisable... J' s'rais curieux d' voir ce que c'est dev'nu.

— Et moi, dit Divirtt, je serais pas étonné si ça existait plus.

Torpe conduisait la Cad de la même manière qu'il avait conduit la précédente voiture : c'est-à-dire le cul sur l'extrême bord du siège, dont la distance par rapport aux pédales était réglée en fonction des grandes jambes de la fille.

— Tu me crois pas, mon gars ? dit-il.

— C'est une des choses que le gouvernement a affirmées, répondit Divirtt de sa voix de fidèle auditeur et téléspectateur. Qu'il ne s'était jamais rien passé de douteux dans ce coin.

— C' que j'aimerais, dit Torpe, ce serait me r'trouver face à face avec Morgansen.

C'était la première phrase sincère qu'il prononçait depuis longtemps. Pour la raison qu'en la disant, c'était autant et davantage Tony Burden que Torpe qui s'exprimait.

— Bon sang, dit Divirtt, pourquoi que vous avancez pas votre siège ?

« Ce qui est bien avec ce type, songea Burden-Torpe, c'est qu'il a sûrement jamais su mentir à sa mère, même après avoir piqué un bonbon. » Quand John T. Divirtt était traversé par un soupçon, par un soupçon de soupçon, c'était un peu comme s'il hurlait…

— Parce que ça m' plaît comme ça, dit Torpe. J'ai les reins délicats. Si j' m'écroule dans un fauteuil, j'en ai pour des jours à m'remettre.

— Bon Dieu ! dit Divirtt, plus tard, quand ils entrèrent dans Dublin. Si on trouvait quelque chose là-haut...

Et laissa le reste de sa pensée transparente en suspens.

Quand John T. Divirtt avait décidé d'entrer en guerre à lui tout seul contre le gouvernement des Etats-Unis, d'être le Grand Dénonciateur, le Sauveur du Sud, le Héros de la Mississippian Wave, c'était pure folie suicidaire que de vouloir l'en dissuader...

CHAPITRE VIII

Au cours de cette nuit de décembre 1996, certains événements décisifs en arrivèrent à une conclusion prévisible, débouchant sur une radicalisation rédhibitoire de la situation. Certains esprits chauds ne manquèrent pas, cette fois, d'établir une vraie « comparaison historique » avec ce jour d'été 1861 qui vit la première victoire confédérée à Bull Run. La victoire de cette nuit-là, de décembre 96, portait le nom de Panhandle, Texas, à l'ouest d'Amarillo. Et les troupes confédérées (c'est-à-dire celles qui le devinrent après avoir décidé la rébellion) investirent et prirent le commandement de la station de lancement d'ogives nucléaires de Panhandle. Et il y eut des troupes confédé rées, donc, qui représentèrent d'abord la moitié des effectifs militaires présents dans le périmètre en quarantaine, puis les trois quarts, par la force des choses, obéissant aux Gouverneurs encore en poste, ou aux sous-gouverneurs (sénateurs et représentants divers) qui prirent le poste laissé vacant par ceux qui avaient fui avant la déclaration de quarantaine. La braise couvante explosa en flammes. Il y eut de véritables combats, sporadiques et meurtriers, entre ces troupes confédérées et les derniers éléments « unionistes » qui persistaient à croire que leur mise en place pouvait servir à maintenir l'ordre, fidèles jusqu'au bout au drapeau américain.

Toutes sortes de bandes éparpillées de civils, milices et comités de défenses en tout genre, se rallièrent ou tentèrent de le faire à ces patriotiques troupes de la Nouvelle Confédération. D'autres bandes continuèrent d'errer à leur guise, affrontant quand cela se présentait avec la même folie les forces confédérées et les éléments disparates des régiments écartelés unionistes — mais ces gangsters-là préféraient, c'est évident, ne rien affronter du tout, à l'exception de victimes sans défenses et absolument déboussolées qu'ils pillaient.

Sans doute que si la Mississippian Wave avait vécu un jour de plus, elle se serait ralliée à l'armée désormais « régulière » confédérée.

Le trio qui roulait dans ce Break Cad rose

en direction de Memphis apprit la nouvelle de la reddition de Panhandle un peu avant minuit, par la radio. A force de tripoter les boutons, Divirtt tomba sur une station du Mississippi qui n'était pas brouillée.

Ce qui était devenu parfaitement rare. Soit le brouillage, soit une bouillie de musique enregistrée dans laquelle s'insinuaient des conseils de sécurité civile. Et tout à coup, il y eut ce commentaire, l'annonce de la création d'une armée confédérée (Old Southern Army, comme ils disaient, ou encore : l'Armée de la Prison...) qui venait de remporter une vraie victoire.

Divirtt poussa des cris, des jurons, des glapissements, se mit désespérément à la recherche d'une autre station, à la fin du commentaire, ne trouva que la bouillie musicale et le brouillage, essaya de retrouver la première, sans succès. Il s'énerva pendant un moment, puis tomba d'un seul coup dans un de ces silences inquiétants qui, dans son cas, pouvait générer à peu près tout et n'importe quoi.

Ils roulaient vers Memphis après avoir traversé le Grand Fleuve et se trouvaient donc en Arkansas. C'était l'idée de Torpe. Il préférait aborder le contournement de Memphis par ce côté-là, puis traverser l'angle nord de l'Arkansas par la 63, jusqu'à West Plains en Missouri, où ils bifurqueraient en direction d'Ozark. Annonçant cet itinéraire, d'après lui idéal, sans avoir consulté la moindre carte, il avait l'air capable de réciter par cœur toutes les routes et leur numéro qui sillonnaient le pays. (Divirtt avait poussé un petit sifflement admiratif suffisamment suspect pour que Torpe précise que sa mémoire des routes était quelque chose qu'il avait depuis l'enfance...)

Torpe conduisait maintenant depuis douze heures au moins. Il n'en paraissait pas plus éprouvé que cela. Aux deux ou trois propositions que Divirtt lui avait faites de le relayer au volant, Torpe avait répondu : « Après Memphis, mon gars. J' peux tenir jusque-là sans problème. » Ajoutant : « Tu d'vrais essayer d' dormir un peu. » Mais Divirtt paraissait beaucoup trop grésillant d'excitation, ou accaparé par ses pensées, pour dormir. Ce que Torpe ne dit pas, bien entendu, c'est qu'il n'avait aucune confiance dans l'attitude de Divirtt, et craignait de sa part quelque redoutable initiative intempestive, principalement dans ce qu'il imaginait que serait le contournement de Memphis.

Il y eut un autre événement, cette nuit-là,

singulièrement moins important que tout ce qui se déroula alentour, certes, mais qui alimenta néammoins un bon quart d'heure de conversation entre les membres du trio : un peu après minuit, alors que les lumières de Memphis se réverbéraient au loin sous la voûte du ciel nocturne bas, Helen Cuire sortit de son sommeil fiévreux et raconta son histoire. Qui était une histoire tout ce qu'il y a de banal. Une histoire comme des centaines d'autres personnes dans son cas devaient en vivre actuellement. Mais qui fit cependant que, dans ce contexte, ils voyageaient dans une voiture *ennemie,* et en compagnie d'une *ennemie.* (Torpe se dit que l'immatriculation de la Cad risquait de leur poser des problèmes, et surtout de ficher en l'air cette petite fable qu'ils avaient mise au point... mais il ne communiqua pas à haute voix ses inquiétudes : d'une part, Divirtt était suffisamment réticent à la présence de cette fille dans la voiture, avec eux ; d'autre part, Helen Cuire, de l'Illinois, n'était pas loin au fond d'elle-même de partager cette hostilité : elle ne se trouvait là que par la faute d'une défaillance psychologique liée à un accès de grippe — exactement comme on est capable de faire n'importe quoi lorsqu'une rage de dents vous torture.) L'histoire d'Helen se résumait à ceci : professeur de gymnastique dans une université du Nord, elle avait eu l'idée singulière de passer ses vacances de Noël à La Nouvelle-Orléans, chez une amie. Elle venait d'y arriver quand fut décrétée la quarantaine ; avait pu téléphoner une fois chez elle, le jour même, pour annoncer à ses parents son intention de rentrer, et c'est tout. Après quoi, toutes ses tentatives de coups de fil n'avaient rien donné : les lignes semblaient coupées. Elle avait essayé de prendre l'avion quatre fois... n'était jamais parvenue non seulement à franchir les cordons de militaires qui cernaient les aéroports bloqués, mais même pas à traverser la foule qui se pressait pour tenter d'accéder aux bureaux investis, espérant prendre des avions qui ne décollaient plus, en attendant d'autres qui n'atterrissaient pas.

C'était l'histoire d'Helen Cuire. Elle remerciait les deux hommes d'avoir bien voulu l'aider dans son parcours.

Torpe ne la remercia point pour sa présence qu'il avait d'abord pensée adéquate et bienvenue dans la construction de son alibi-camouflage, avant qu'elle risque de se révéler ennuyante depuis cette sacrée déclaration de guerre et cette franche rébellion ; il ne la remercia pas non plus pour sa voiture qui roulait dix fois mieux que toutes celles qu'il avait empruntées depuis quatre mois, fuyant ici et là comme un rat pestiféré. Il dit simplement :

— Vous en faites pas, miss. Mon gars et moi, on va tâcher d' vous emmener l' plus haut possible sans encombres. Après...

Divirtt émergea de ses pensées pour émettre un gloussement bête.

A eux deux (Torpe et Divirtt), ils avaient grillé trois paquets de cigarettes et avalé le contenu d'une demi-bouteille de whiskey — rien d'autre, rien de solide — quand ils arrivèrent dans la périphérie de Memphis. L'odeur de poisson qui continuait de flotter dans la voiture (en provenance des caissettes qu'ils avaient transbordées) n'était plus rien, comparée à celle du tabac. Les quintes de toux d'Helen ne changèrent rien à leur attitude — sinon que Torpe descendit sa vitre de quelques centimètres, afin de provoquer un courant d'air... qui n'eut pour résultat que celui de faire tourbillonner l'air enfumé à l'intérieur de la voiture et de rafraîchir la température...

Il leur avait fallu six heures pour couvrir le trajet de Dublin à Memphis, en suivant cet itinéraire tracé par Torpe, et compte tenu d'une circulation redevenue importante, affolée, à dix *miles* de la ville. Il leur en fallut deux pour s'extraire de l'enchevêtrement des périphériques encombrés.

Pour la première fois, ils virent en stationnement sur le bord de quelque voie expresse, des camions de l'armée sur lesquels avait été peint le drapeau sudiste. Divirtt salua à grands cris les hommes en uniforme, vaguement hagards, assis sur les bancs dans les camions ou sur les marchepieds, ou par terre, au niveau des pots d'échappement... Et il eut l'air parfaitement ravi, comme un gosse excité, quand il reçut en réponse un vague signe de la main de la part d'un de ces zombies hébétés.

C'était l'entrée dans Memphis qui provoquait d'énormes embouteillages, lesquels répercutant leurs effets bien en deçà des points de bifurcation ouverts au contournement de la cité obligèrent Torpe, et des centaines d'autres avec lui, à rouler au pas sur quatre *miles* au moins. De quoi griller un autre paquet de cigarettes, grognant et râlant de temps en temps, respirant en plus de leur propre pollution celle de la ville et des gaz d'échappement, en ayant tout le « loisir » d'admirer les lumières de Memphis, leur réverbération scintillante sur l'eau du fleuve et la contre-réverbération de tout cela descendue des nuages et des fumées, guettant le signe qui leur eût annoncé le déblocage possible de cette progression de limace. Mais il n'y eut pas de signe, et pas de déblocage. (Pour ce qui est des signes, Divirtt crut discerner à un moment dans la plate féerie de lumières, les lueurs sauvages d'un incendie, mais Torpe n'aurait rien juré de pareil, et quand Divirtt demanda son opinion sur le sujet à Helen Cuire, celle-ci se borna à plisser les paupières et à hausser les épaules...)

Les voitures formaient une vague lente qui s'écoulait comme l'eau du fleuve, sans remous. Elles roulaient toutes vitres closes, comme autant de cages hermétiques protégeant leurs passagers. La somme de cet énervement provoqué immanquablement par ce genre de situation semblait découpée en des centaines de petits paquets aux portières verrouillées. Des klaxons aboyaient de temps à autre, et c'est tout. Les conducteurs ne surgissaient pas de leur véhicule pour agonir d'injures et abreuver de malédictions les sources incertaines de la stagnation : ils se cramponnaient à leur volant et s'efforçaient de supporter les crampes qui leur nouaient les muscles des cuisses et du dos. Excepté les militaires, on n'apercevait pas un seul piéton à l'air libre, pas un seul téméraire qui se risquât sur ses jambes dans le dédale mouvant, ni sur ses rives.

Divirtt dit que c'était déjà comme ça, quelques jours auparavant (« Mais pas à ce point-là », ajouta-t-il), quand la cohorte de la Mississippian Wave s'était frottée à de semblables embouteillages. Il dit :

— Les gens ont une trouille bleue. La peur de respirer l'air du voisin. Nom de Dieu !

Quant à Torpe, il tentait de ne pas oublier de se donner l'air ahuri qu'un soi-disant pêcheur reclus de son type était censé arborer, au beau milieu d'une telle situation.

La première bretelle de contournement fut en vue. Puis à hauteur. Et un autre quart d'heure fut nécessaire à Torpe pour traverser jusqu'à l'embranchement routier qui refranchissait le fleuve...

Ils s'engagèrent sur la 55, en Arkansas, direction Jonesboro. Bientôt, en comparaison de ce qu'ils venaient de subir, ils eurent l'impression de rouler seuls sur la large voie.

— A la première station, dit Torpe, j' m'arrête et tu prends le manche, mon gars. D'accord ?

Divirtt était d'accord. Mais à la première

station, Torpe fut contraint à l'impossibilité de suivre cette décision.

Le barrage leur fut signalé quelques centaines de mètres avant, par des feux volants et des pancartes éclairées de projecteurs portatifs, qui annonçaient en grandes lettres rouges : « Contrôle sanitaire. »

— Qu'est-ce que c'est que ce cirque ? maugréa Torpe.

Mais il conduisait et ne put rien faire d'autre. Ce fut Divirtt qui saisit le fusil.

— Doucement, mon gars, dit Torpe.

Toujours enveloppée dans son plaid, reniflant, Helen Cuire se pencha en avant, entre leurs sièges.

Faire demi-tour était exclu, techniquement impossible en raison de la circulation, et puis c'était trop tard.

C'était bien une station, investie par tout un régiment de militaires — en tout cas un mélange d'uniformes qui évoquaient des militaires — arborant des brassards blancs à croix rouge. Ils s'étaient postés en travers de la route et obligeaient les voitures à s'engouffrer sous le vaste auvent qui protégeait les batteries de pompes de la station. Là, une nuée de types en blouses blanches, sous la surveillance de soldats armés, s'abattaient sur chaque véhicule.

Ils étaient deux, puis furent trois, rien que pour la Cad rose et ses occupants. Les deux premiers portaient ces blouses blanches qui devaient permettre de les identifier comme appartenant à l'effectif purement médical de ce « service sanitaire » ; ils avaient passé sur ces blouses des gilets matelassés sans manches, déformés par une multitude de poches apparemment bourrées à craquer ; quant aux armes qu'ils brandissaient, cela n'en était pas, même si les appareils ressemblaient fort à des pistolets. Le troisième manipulait par contre un véritable P.M., qu'il faisait passer d'une main à l'autre, comme si le métal de l'arme était trop chaud, ou, plutôt, n'ayant rien trouvé de mieux pour tout exercice. Il était en tenue de combat, un petit écusson du Sud cousu grossièrement à son épaule.

— Bon Dieu, dit Torpe, obligé de stopper, et quand un des « infirmiers » frappa de ses doigts recourbés à sa vitre de portière : Laissez-moi parler.

Il descendit la vitre. De son côté, Divirtt faisait de même, invité à s'exécuter par l'autre infirmier. Le soldat se tenait devant le capot, solidement campé sur ses jambes écartées, et il avait cessé de jouer avec son P.M.

— Vous ne pouvez pas vous rendre chez vous, dit l'infirmier penché vers Torpe.

Jamais Torpe, quand il lui répondit (de tout le temps que dura cette conversation), n'eut à ce point l'accent traînant et lourd d'un péquenot ahuri et soupe au lait tiré tout droit de son bayou :

— Comment ça, que j' peux plus m' rendre chez moi ?

— Bon Dieu ! s'écria Divirtt, hilare et excité en s'adressant non pas à l'autre infirmier, mais au soldat devant la voiture, ainsi qu'aux autres qui allaient et venaient entre les voitures stationnées, parmi l'essaim des médicaux. Vous êtes de not' Armée ? On l'a entendu à la radio ! Bravo, les g...

Torpe lui donna un coup de coude qu'il ne chercha pas à dissimuler ; le fusil que tenait Divirtt fut projeté contre le toit de la voiture, cognant du canon. (Torpe nota avec satisfaction que Divirtt avait pris la peine, lui aussi, de se confectionner l'accent convenable approprié au sien.)

— Ferme ça, mon gars, embête pas les soldats, dit-il. Comment ça, doc ? Pas rentrer chez nous ? Est-ce qu'y s'raient mis, en plus, à foutre les Etats en quarantaine, chacun dans ses limites ? Et pourquoi pas chaque comté aussi ?

— D'où est-ce que vous venez, les gars ? demanda l'infirmier.

L'autre dit, par-dessus le toit :

— Pas de là où tu croyais qu'ils allaient, c'est sûr, Larry.

— J' viens d' Louisiane, dit Torpe. Et j' vais en Tennessee, doc. Pourquoi qu' vous d'mandez ça ? J' vais r'conduire chez son papa, qu'est mon frère, cette jeune fille qu'est ici avec nous, et qu'est ma nièce. Parce qu'avec c' qu'y s' passe, des parents préfèrent avoir avec eux leurs enfants, et vice et versa, doc, pas vrai ?

— Où est-ce que vous avez déniché cette voiture de l'Illinois ? s'enquit l'infirmier du côté de Divirtt.

Divirtt sourit en grand, parfait dans son rôle de léger demeuré vibrant d'excitation.

— Présentez vos avant-bras, dit Larry, l'infirmier penché vers Torpe.

Le soldat cria :

— Papiers ! Permis de conduire !

Tout ceci, toutes ces paroles, ces questions et ces ordres, pratiquement en même temps.

— Ho là, dit Torpe. Les gars, j'ai pas d' papiers. Plus d' permis d' conduire, rien, et mon garçon non plus, et ma nièce non plus. Parce que c'est des drôles de temps qui s' passent, et on s'est fait voler ma voiture pas plus tard qu'hier, dans un sacré bled de merde qui s'appelle Eupora, l' temps qu'on s'arrête pour boire un Coca-Cola et des bières. Alors, j' vais vous dire : quand on s' met à m' voler ma voiture, j'ai pus de scrupules, moi. J' m'appelle Torpe. Timmy Torpe, et mon garçon c'est John — Johnny Reb, nom de Dieu. Et ma nièce, c'est Helen. Eh bien, j'ai pus de scrupules, non. Et on n'a pas attendu d' voir passer une heure pour en faucher une à not' tour, bien qu'à moitié : elle avait bien l'air abandonnée. J'ai pas trouvé mieux qu' cette caisse de Yanks. J' suis désolé. Mais y avait tout c' qu'y faut d' dans pour survivre un bout d' temps, pis on s'est servis en plus en chemin. C'est comme ça, à présent : on s' sert. Z'aller avoir du mal, les gars. J' veux dire, pour maint'nir l'ordre, en plus d' vous battre contre ces salauds.

— Donnez votre bras, grand-père, dit l'infirmier qui s'appelait Larry.

L'autre saisit franchement celui de Divirtt et essaya de lui appliquer l'embout de son curieux pistolet sur la peau. Essaya. Divirtt eut un violent mouvement de recul, serrant le fusil qu'il braqua vers l'infirmier.

— Un vaccin, c'est tout, dit Larry. Obligatoire. Un vaccin.

— Un vaccin contre quoi ? C'te saloperie d' virus qui rend fou ?

— Un vaccin, dit Larry, sur le point de s'énerver. Probablement que oui. Contre ce virus. On a l'ordre de vacciner la population, on le fait. Grand-Père, ça fait neuf heures qu'on est en train de piquer des...

— Pas moi, dit Torpe. J'admets pas qu'on m' pique contre je sais pas quoi. Tirez-vous d' là, qu' je passe.

Le soldat souriait d'un air fatigué et dédaigneux.

— Tout c' qui m' pique sans que j' trouve à r' dire, c'est des guêpes ou des serpents d'eau. Et parce que j'y peux rien quand ça s' passe, mais après, la guêpe, j' l'écrabouille, et l' serpent, si j' peux, j'y casse le cou. Sauvez-vous d' là, doc.

— Sans un certificat de vaccination réglementaire, vous risquez de ne jamais arriver en Missouri, grand-père, dit l'autre infirmier, sous le nez de Divirtt et le canon de son fusil. Vous allez être emmerdé par un millier de contrôles.

Des voitures klaxonnèrent, derrière. D'autres infirmiers s'approchèrent. L'air fatigué, lourds, balançant leurs injecteurs à vaccination.

— Ben alors, dit Torpe, filez-nous un d' ces certificats, doc. Mais vous m' piquerez pas. J' suis contre. J' sais pas c' que vous m'injecteriez, et z'avez pas l'air de l' savoir davantage... Et pis, c' truc qui rend dingue, il aurait du boulot avec nous autres.

— Et merde ! dit Larry.

Ils avaient leurs certificats de vaccination en poche, qu'ils avaient remplis eux-mêmes de faux noms — Helen Cuire ne se fit pas prier pour devenir Helen Torpe — quand une heure plus tard, après avoir effectivement franchi deux contrôles tenus par des civils, Torpe dit :

— Maintenant, mon gars, si tu prenais le volant direction West Plains ? T'as pas à t' tromper.

Le ciel changeait de couleur à l'est, annonçant la pointe du jour.

Torpe dormit d'un sommeil de chat, à la fois léger et réparateur, jusqu'à destination, cette ville dont il avait indiqué la destination à Divirtt : West Plains, Missouri, dans les collines d'Ozark.

C'était la fin du matin d'un autre jour. Le premier jour de la guerre déclarée par la prise de Panhandle.

CHAPITRE IX

La ville s'éveillait quand ils y pénétrèrent, aux alentours de sept heures trente. Ils longèrent Main Street et Torpe ressentit une impression d'étrangeté qu'il ne parvenait pas à cerner... jusqu'à ce qu'il comprenne brusquement « ce qui n'allait pas » : pour la première fois depuis plusieurs jours — d'interminables jours —, ils traversaient une ville qui semblait n'avoir pas changé, une ville *d'avant*. Une ville non marquée par l'impact du chaos. Comme si la folie furieuse qui soufflait en tornade sur le Sud avait épargné, pour quelque mystérieuse raison, cette agglomération.

Ce n'était pas qu'une impression, le sentiment de quitter un mauvais rêve, au sortir des phases successives de sommeil qui l'avaient bercé jusqu'ici. Divirtt lui-même était touché par le changement d'atmosphère : les yeux écarquillés et rougis par la fatigue, la bouche ouverte, il regardait cette rue tranquille comme s'il n'y croyait pas.

Les voitures étaient sagement garées le long des trottoirs ou dans les cours, devant la porte des garages. Il y avait des gens à pied sur les trottoirs. Ils croisèrent une fourgonnette de laitier, et aussi un car de ramassage scolaire. Les signaux lumineux contrôlant la circulation fonctionnaient. Pas un seul véhicule militaire en vue.

Au premier carrefour hérissé de panneaux de signalisation, Torpe dit :

— Prends la direction de Gaines-Ville.

C'étaient ses premières paroles depuis qu'il était réveillé. Divirtt obéit sans discuter. Il démarra un peu tôt au feu et faillit se faire emboutir par une Corvett qui passait un peu tard à l'autre. Le conducteur leur lança une bordée d'injures dont ils ne retinrent — ne comprirent — que les mots « putain de Yanks ».

A la sortie de West Plains, ils s'arrêtèrent sur le bord de la route. Ouvrirent quelques-unes des boîtes de conserve qu'ils avaient emportées et se restaurèrent. En silence. Quand leurs regards se croisaient, par-dessus les mouvements de mastication des mâchoires, c'était pour traduire une sorte de suspicion lourde et gauche qui avait, eût-on dit, profité du silence des heures précédentes pour les envahir, les gonfler, et comme s'ils redoutaient qu'elle ne puisse attendre encore bien longtemps avant de crever au grand jour. Comme s'ils savaient qu'un de ces regards trop appuyés risquait de provoquer la fissure.

Helen Cuire n'était pas dans un meilleur état physique que la veille. Peut-être même la fièvre qui la brûlait avait-elle monté. Ses yeux coulaient, le droit presque complètement fermé par une méchante bouffissure. Ses narines étaient rouges et irritées à force de se moucher ; elle respirait la bouche grande ouverte et cela provoquait régulièrement des quintes de toux que les deux hommes subissaient, à les entendre, au moins aussi péniblement qu'elle. Et puis, maintenant, il était clair qu'elle regrettait amèrement, au-delà de cet état grippal qui la tuait debout, d'avoir demandé secours à ces deux types — ces deux-là plutôt que des centaines d'autres. Clair que leur attitude avait semé en elle un millier de soupçons qui s'imbriquaient les uns dans les autres sans qu'elle parvienne à les désembrouiller, et qui, pour principal résultat, avaient fait se lever la peur. Clair qu'elle se demandait comment, par quel miracle, elle allait parvenir à se tirer non seulement de la situation globale mais déjà, primordialement, des pattes de ces deux-là, qui s'étaient tout de même bel et bien approprié sa voiture... qu'ils eussent agi sur sa proposition ne changeait rien à leur attitude présente. Elle se sentait kidnappée. Elle les avait observés et comprenaient qu'ils n'étaient pas clairs, c'était le moins qu'on puisse dire. Peut-être même entre eux. En premier lieu, elle n'était pas le moins du monde convaincue qu'ils fussent père et fils.

Quant à Burden, il se demandait à quel moment Divirtt choisirait de dévoiler ses batteries. Quand il se déciderait à agir en fonction de ce qu'il avait probablement compris. Ou bien, quand il se déciderait à comprendre...

— Je reprends le volant, dit Torpe. Ici, je connais bien.

Divirtt ne se fit pas prier pour céder sa place. Il avait adapté le recul du siège à la longueur de ses propres jambes, et Torpe ne changea rien...

Alors, ce furent les collines d'Ozark. Les tertres d'herbes brûlées, jaune fané sous le poids gris du ciel. Les bosquets d'arbres dégarnis qui formaient comme des nuages durs au ras de terre, de teintes vineuses ; les chênes nains et les charmilles noueuses qui avaient conservé leurs feuilles fripées, sèches, cassantes ; les étendues de pins plaquées à flanc de colline, d'un vert sombre.

Dès qu'ils entrèrent dans les collines, le vent se mit à souffler, en bourrasques sporadiques. Il secouait les branches et troussait les vieilles herbes mortes que nul animal ne broutait plus, nul homme ne fauchait plus ; le vent semblait ne courir qu'au ras de terre : là-haut, le grand ciel gris était immobile.

Divirtt retripota la radio pendant un moment, sans succès : il ne parvint pas à retrouver une station audible, derrière ce gribouillage sonore des brouillages — ou alors, c'étaient ces bandes pré-enregistrées de musique qu'aucun commentaire ne vient interrompre. Il abandonna avec un mouvement d'humeur, un geste violent du plat des deux mains contre le tableau de bord. Il pêcha une bouteille dans le carton, entre ses pieds.

Un peu plus tard — comme si elle craignait ce qui pourrait advenir après que le jeune homme eut vidé le contenu de la bouteille, et comme si elle pensait qu'un effort de conversation avait une chance de le distraire de cette intention qu'il semblait avoir en tête —, Helen demanda :

— Où est-ce que vous allez ? Qu'est-ce que vous voulez faire ?

Deux questions qu'à l'évidence elle tournait et retournait depuis longtemps dans sa tête migraineuse, jusqu'à ne plus pouvoir contenir sa préoccupation.

Deux questions qu'elle regretta presque aussitôt d'avoir posées... Car ni l'un ni l'autre des deux hommes n'y répondit. Et ce silence, qu'elle interpréta comme une hostilité, la plaça dans une position de curieuse fouille-merde, d'exclue... de véritable « ennemie », au sens où la plaque Illinois de la voiture se serait trouvée maintenant rivée au beau milieu de son front...

Mais Divirtt ne vida pas la bouteille. Il en but simplement quelques lampées, ce qui eut pour effet, additionné à la fatigue, de le plonger dans une somnolence cahotique dont il ne s'extirpa — l'air ahuri, le temps de remettre ses idées en place — qu'aux alentours de dix heures, quand ils traversèrent Gaines-Ville.

A Gaines-Ville, ils retrouvèrent — avec presque un sentiment confus de soulagement — la réalité à laquelle ils étaient habitués et qui les avait poussés à effectuer ce parcours. A savoir : la présence de camions militaires dans les rues, des uniformes de protection antibactérienne, d'autres uniformes de combat avec l'écusson du Sud épinglé sur l'épaule. Ils furent arrêtés par deux contrôles, dans Gaines-Ville même, et un troisième à la sortie. A chaque fois, Torpe expliqua sa fable, au sujet de la voiture immatriculée dans le Nord, et le but menteur de son voyage. Il le faisait tranquillement, présentant les attestations de vaccination, sachant qu'il ne craignait rien de la part de la fille qui se faisait le plus petite possible et ne tenait évidemment pas à se retrouver dans les pattes des militaires.

Puis ils prirent cette route poussiéreuse qui menait à Chadwick. Divirtt avala une nouvelle gorgée de whiskey, replaça la bouteille dans le carton. Il ne pouvait cacher sa nervosité soudaine, cette tension qui bouillonnait en lui, à l'approche du lieu où le drame était censé s'être déclaré. Torpe, lui, ne paraissait ni plus ni moins tendu qu'auparavant. Il conduisait en regardant à droite et à gauche, les collines et les tertres nus, exactement comme quelqu'un qui retrouve un endroit quitté depuis longtemps et cherche des points de repère, des souvenirs.

Il dit, hochant la tête :

— Bon Dieu, mon gars, sûr que ça a pas changé...

Et Chadwick non plus n'avait pas changé. Petite ville perdue sur ce genre de route que n'empruntent que les voyageurs de commerce téméraires ou les automobilistes égarés, enfouie dans les Bull Shoals, même pas suffisamment importante pour figurer sur une carte routière. Un quartier périphérique de pauvres — c'est-à-dire de plus pauvres encore que la majorité de la population — essentiellement habité par des Noirs ; une rue centrale que bordent les ordinaires bâtiments de commerce... Et ici, comme si ce qui pouvait se passer ailleurs, quoi que ce fût, et même la fin du monde, ne les concernait pas, ne les atteignait pas (eux pour qui sans nul doute la fin du monde faisait en quelque sorte partie du quotidien), des flâneurs, des passants, sous les auvents des vérandas, sur les trottoirs de planches grises disjointes par les intempéries et le soleil. Des flâneurs, des passants, des femmes et des enfants, des hommes assis sur de vieilles banquettes d'automobiles ou sur des bancs suspendus à des chaînes, en train de tailler des morceaux de bois, là, en dépit de la fraîcheur grise de l'hiver, qui levaient les yeux et regardaient passer la voiture rose étrangère. Non pas la voiture « ennemie », la voiture « étrangère », simplement, comme elle eût été remarquablement « étrangère » et rose six mois auparavant. Et même les chiens errants en liberté qui cessaient momentanément de se flairer mutuellement le trou du cul pour lever la tête et regarder passer la voiture étrangère rose...

— Je me donne deux jours, dit Divirtt.

Torpe haussa distraitement un sourcil :

— Deux jours ?

— Avant de devenir fou à lier, dit Divirtt, si je devais vivre dans un trou pareil.

Torpe émit un petit gloussement de gorge.

— Personne t'y obligera, mon gars, dit-il. (Ajoutant :) Tout ce qu'on va faire, c'est s'arrêter un instant, là... Prendre un verre de quelque chose de chaud, et voir comment ça se passe dans le coin.

John T. Divirtt plissa les paupières, fixant un point, ou rien, droit devant lui :

— Et si on se souvient de...

— C'est ça, coupa Torpe.

Et ce furent les dernières syllabes que Divirtt et la fille devaient entendre sortir de sa bouche.

Il stoppa devant le drugstore. Soupira. Coupa le contact. Soupira encore, ouvrit sa portière. Il regarda Divirtt, puis, tournant la tête, adressa à Helen un regard amical d'encouragement. Elle descendit de voiture, frissonnante, plantée sur le bord du trottoir sous les regards des flâneurs.

Divirtt descendit à son tour. Il n'eut que le temps de lancer un regard alentour : quand il comprit, c'était trop tard. Tout ce qu'il put faire, ce fut lever le poing, l'abattre et manquer son coup qui visait le toit de la voiture. La Cad rose avait démarré en trombe, ses portières se refermant d'elles-mêmes, et filait.

Ils restèrent là, Divirtt et la fille qui le dépassait d'une bonne tête, à échanger un regard au moins aussi ahuri que celui des curieux posé sur eux.

— Le salaud ! gronda finalement Divirtt.

Il plantait dans les yeux de la fille un regard méchant, dur, comme s'il l'accusait.

— Vous n'avez pas compris ? dit-il. Ce putain d'enfant de garce s'appelle Burden, nom de Dieu ! C'est celui qui a propagé le virus de cette merde qui fait que les choses sont ce qu'elles sont maintenant. Vous comprenez donc pas qu'il nous a eus ? Comme des gamins ! Bon Dieu, toutes ses histoires sur le V's Home, et simplement pour ne pas avoir à risquer le trajet jusqu'ici tout seul ! J' m'en suis douté, j'ai pas voulu y croire... Qu'est-ce qu'il est venu chercher, ici ? Qu'est-ce qu'il est venu retrouver ?

Elle le regardait, bouche bée. Effectivement, et visiblement, n'y comprenant rien. Sinon que le vieil homme venait de filer avec sa voiture.

Divirtt grogna. Il pivota sur ses talons et bondit vers le drugstore, sans plus se préoccuper d'elle. Helen le suivit à grands pas.

CHAPITRE X

Pressentir l'imminence du point de rupture qui va désagréger une tension ne nécessite pas obligatoirement la contribution d'un sixième sens. L'expérience suffit. Ou bien cette tension qui vous est propre, habitude, dans laquelle vous vivez en permanence depuis trop longtemps, en ayant su précisément, en ce qui vous concerne, éviter l'instant du clash.

Burden avait nettement l'impression d'avoir effectué le dernier tiers du parcours sur une corde raide. Le fil du rasoir. Il avait craint que la rupture ne se produise bien avant leur arrivée à Chadwick. Les longs silences de Divirtt, pendant lesquels on pouvait presque imaginer la tête remplie de rouages qui tournaient tous dans le même but, ses allusions à peine déguisées, ses coups d'œil en biais qu'appesantissait la lourdeur du soupçon : tout cela ne disait rien qui vaille.

Parce que John T. Divirtt, avec deux « t » tout exalté et à demi cinglé qu'il soit, n'avait cependant rien d'un idiot ni d'un parfait imbécile demeuré. Sachant ce qu'il savait sur le fléau, c'était fatal qu'il se mette à avoir des doutes au sujet de Burden, surtout après que celui-ci eut lancé cet appât à double tranchant, en quelque sorte, concernant son ancienne appartenance aux effectifs de V's Home. Belle coïncidence. Et même si Burden, à l'heure actuelle, ne présentait plus de frappante ressemblance physique avec son portrait largement diffusé — cette sacrée photo trouvée (le tout filmé par une caméra de télévision) sur le cadavre d'un homme des services secrets devenu fou, atteint lui-même par le virus. Le tout était de savoir jusqu'à quand Divirtt se contenterait d'avoir des présomptions, des soupçons, sans passer à l'attaque. Ou de tenir jusqu'à ce que, n'ayant plus simplement des soupçons mais une certitude, Divirtt se décide de passer à l'action ; et comment.

A présent, c'était fait. Cette tension-là avait craqué. Burden en ressentait un vague soulagement. Un très vague soulagement, car une autre forme de tension prenait possession de lui. Il n'avait pas de temps à gâcher, moins que jamais.

Sans aucun doute, Divirtt n'allait pas se contenter de piétiner de colère ou de se rouler par terre. Et même dans ce « bled où il ne se donnait pas deux jours pour devenir cinglé », il allait tout faire pour rameuter la population et clamer à qui voudrait l'entendre qu'il avait mis la main sur le monstre. Qu'il était celui qui avait mis la main sur cette horreur humaine ambulante propagatrice du virus. Combien étaient-ils, à Chadwick, qui se souvenaient de lui ? Et même s'ils s'en fichaient — car ils étaient bien de ce genre de culs terreux capables de s'en moquer —, il en existerait bien un, ou Divirtt en personne, pour donner un coup de fil et prévenir quelque autorité militaire en guerre, qui, elle, trouverait la chose très intéressante.

Pas de temps à perdre.

Il ne savait pas le moins du monde ce qu'il allait trouver, au bout de sa route. Il n'avait que des espoirs, notamment celui-là qui l'avait maintenu en vie et en combat depuis de longs mois, même si c'était fou et dénué de toute logique, de toute raison : retrouver la piste de Morgansen, ce salaud de toubib, ce sacré chercheur *scientifique* qui s'était tellement bien débrouillé et avait provoqué la catastrophe. Cet apprenti sorcier qui n'avait pas hésité à se servir à leur insu des cauchemars de malheureux perturbés. Mc Tombe qui ne s'était jamais remis de sa mission suicide, sacrificatrice, à Thulé, qui avait, obéissant aux ordres, quasiment fait sauter toute une base et ses amis, pour nettoyer par le vide et éliminer les taupes infiltrées adverses, non identifiées... Ce salaud de Morgansen...

Pendant longtemps, Burden s'était dit qu'il ne le retrouverait jamais. Puis que s'il lui restait une seule et pauvre et unique raison de ne pas se supprimer, de vivre encore, c'était précisément pour essayer de le retrouver. Ce désir de vengeance délirante était devenu le dernier grain de sel de son existence de proscrit monstrueux. Retrouver le vrai coupable, lui faire payer. En face, lui faire payer son abomination.

Puis il s'était dit que Morgansen avait probablement disparu, en tout cas de V's Home. Des bruits avaient couru dans sa tête, et il était incapable de dire à présent s'ils étaient le fruit de son imagination ou alors fondés par quelque rumeur entendue ces derniers jours : Morgansen était mort. Le responsable de la prolifération du virus, celui de qui on pouvait raisonnablement attendre une espèce d'antipoison, appelez cela comme bon vous semble : le moyen de combattre le fléau, était mort. Ou devenu fou. Ou...

N'empêche. Burden avait un but. Un seul. Le seul admissible.

Chercher, retourner à la source. Retourner au V's Home d'Ozark, là où la mèche avait été allumée par un fou furieux. La source. Quoi qu'il y trouve. Il devait y aller. Et ce voyage qu'il n'avait pu accomplir plus tôt, dans lequel il n'avait certainement pas osé se lancer, c'était l'état de chaos et de guerre civile déclarée qui lui avait donné l'occasion de l'entreprendre. Avec pour couverture minable ce cinglé de Divirtt, puis cette fille d'Illinois...

Au V's Home d'Ozark, coûte que coûte, par la force si nécessaire, il trouverait le moyen d'aboutir à son but.

Depuis la nuit dernière, il ne croyait plus que Morgansen fût mort. En vérité, il ne possédait guère davantage de raison de croire ceci qu'il n'en avait eues de se l'imaginer disparu. Tout simplement cette histoire de vaccin. Le mot vaccin suivi de la lettre « M », sur la carte que les hommes du service sanitaire leur avaient remise. C'est tout. Mais si un vaccin avait été trouvé, enfin, trop tard sans doute, même un vaccin pas vraiment au point, un « vaccin M », ne pouvait-on pas se dire que Morgansen en était à l'origine ? L'artisan ? Que Morgansen vivait encore ? Et... et pourquoi pas, toujours au V's Home, où les autorités n'avaient pas manqué d'affirmer pendant un temps que rien de ce qui nourrissait la dénonciation ne s'était produit ?

A une certaine époque, terriblement lointaine et qui pourtant ne remontait pas au-delà du mois d'août précédent — quatre mois ! —, il y avait ici, sur cette route de poussière serpentant à travers les tertres roux, entre Chadwick et Ozark, la station-service d'Ab Cutty.

Ab Cutty n'était pas un mauvais bougre. Ni un bon. Ab Cutty était tout simplement un type qui tenait un garage et un snack, sur le bord de cette route perdue, arnaquant les étrangers égarés, passant ses journées à regarder travailler pour lui son « commis », son « ouvrier », comme il disait, un nègre qui s'appelait Malcolm, en buvant de la bière et chassant les mouches, et en suivant l'ombre qui tournait.

Burden, qui avait pris l'habitude de lutter contre la monotonie de l'existence au V's Home en faisant de fréquentes virées à Chadwick, s'était souvent arrêté au garage de Cutty. Il avait mis du temps à s'en faire un presque ami. Il s'asseyait avec lui, avec lui regardait Malcolm s'agiter. Il racontait ses histoires de « guerre secrète », quelques-unes, ce qui était racontable... Jusqu'à ce qu'un jour, Ab Cutty devienne fou, massacre son nègre ainsi que d'autres, dans le quartier noir de Chadwick, en criant qu'il pelait de froid, criant sa malédiction de Thulé, avant de s'enfermer dans sa station et de la faire sauter. Comme Mc Tombe, dont Burden connaissait le passé, l'avait fait au pôle Nord. Mais jamais Burden n'avait parlé de Mc Tombe à Ab Cutty. Et c'est ainsi qu'il avait compris que le temps était peut-être venu pour lui de disparaître. C'est ainsi qu'il avait commencé de se douter que quelque chose de pas très clair avait eu lieu au V's Home.

C'est ainsi que plus tard, là où il était passé, s'était arrêté, des cas de folie similaire éclataient.

N'ayant jamais compris pour quelle raison il n'était pas touché, lui. Pourquoi certaines personnes attrapaient la saleté et pas d'autres.

... A présent, du garage de Cutty, il ne restait rien.

Rien.

Ni du garage, de la station, du magasin, de la boutique. Ni du hangar à pneus qui leur faisait face.

Un moment, Burden demeura immobile, dans la voiture stoppée au beau milieu du chemin, à regarder les traces — les simples traces — de ce qui avait été cet endroit agréable où il avait bu des bières et chassé les mouches. Des bouts de planches, des tas de pierre, des détritus. Comme si une tornade avait balayé l'endroit — uniquement cet endroit. L'explosion de la station n'était pas seule en cause. « Ils » étaient venus, ensuite, après, et « ils » avaient démoli ce qui ne l'était pas, « ils » avaient tout passé au peigne fin.

Alentour, les collines étaient là, avec les pins que le vent secouait.

Burden prit le fusil. Il savait à quelques minutes près combien de temps lui prendrait une marche jusqu'au V's Home, à deux *miles* et demi, environ, au nord sur la route.

C'était la guerre. Sa guerre. Il ne voulait pas la perdre avant même de l'avoir commencée. Ne tenait pas à arriver en fanfare dans cette voiture rose, comme un éléphant dans un magasin de porcelaine.

Il but une gorgée à la bouteille ouverte par Divirtt. Juste une gorgée. Vérifia que le fusil était bien armé. Il posa la bouteille au sol et s'en fut, au pas de course, quittant bientôt la route pour couper à travers les tertres.

***

Le type, derrière son comptoir, avait commencé par ne pas avoir l'air de vouloir comprendre. D'ailleurs, peut-être ne comprenait-il pas réellement. Et non pas qu'il eût le cerveau spécialement endormi, mais parce que les propos tenus par Divirtt n'étaient pas des plus clairs.

Bientôt, ils furent quinze, dans le drugstore, à cerner l'étrange couple formé par ce maigre jeune homme énervé et cette fille massive qui les dépassait tous et toussait comme une vieille locomotive.

Finalement, Divirtt donna l'impression qu'il allait se mettre à pleurer. Alors, une sorte de grand échalas qui avait pratiquement la taille de la fille, s'approcha, rompant le cercle, et dit :

— Bien sûr, qu'on s'en rappelle.

Divirtt lui sauta dessus comme une mouche sur une goutte de sirop.

— Burden ! cria-t-il. Burden, nom de Dieu ! Il était là. Il est revenu. C'est lui qui conduisait cette voiture rose, il l'a volée à cette demoiselle, il nous a pris en otages. Il veut... Est-ce que quelqu'un peut nous emmener en voiture jusqu'au V's Home d'Ozark ?

De sa poche, qu'il fouilla nerveusement, il tira une maigre poignée de billets.

— Bon, dit le grand type.

— Aloïs, dit quelqu'un, tu vas te mettre dans les emmerdes.

— Venez, dit Aloïs à Divirtt.

Le type derrière le comptoir, et tous les autres, regardèrent s'éloigner le trio : Divirtt d'abord, puis Aloïs, puis Helen. Ils quittèrent la salle et s'agglutinèrent sur le trottoir, les suivant des yeux jusqu'à la voiture d'Aloïs, garée cent mètres au bout de la rue.

— Qui c'est qu'a reconnu Burden ? demanda quelqu'un.

— C'était une voiture de l'Illinois, rose, c'est tout c' que j'ai vu, dit un autre.

Ils échangèrent des coups d'œil et des hochements de tête. Jusqu'à ce qu'ils apprennent vraiment par la télévision et la radio ce qui s'était passé, un peu moins de deux semaines auparavant, ils n'avaient pas fait autre chose que cela : attendre le retour de Burden, il y avait une prime de plusieurs milliers de dollars à qui le signalerait aux autorités militaires. C'était avant qu'ils ne sachent pourquoi. On leur avait simplement dit qu'il était dangereux, à l'origine de ce qui s'était passé en août. Depuis qu'ils savaient, ils avaient peur rétrospectivement, et s'étonnaient que personne, dans Chadwick ni aux environs, n'ait été touché par cette saloperie, comme tant d'autres à travers le pays, à ce qu'on disait. Mais si Burden était revenu, cela pouvait changer.

— J' vais téléphoner, dit le patron du drugstore.

Ils soupirèrent et le suivirent, comme s'ils n'avaient attendu que cette décision-là.

CHAPITRE XI

A priori, ce n'était pas la perspective des emmerdes qui impressionnait Aloïs, et c'est à peine s'il avait entendu cette voix qui s'était élevée dans le drugstore pour le mettre en garde. Les emmerdes, qu'il coure au-devant ou finisse par tomber dedans, Aloïs acceptait tout cela comme faisant partie de sa vie ordinaire, alors... Il finissait toujours par s'en tirer, et toujours à son avantage, ce qui n'est pas si évident, vu qu'il est toujours possible de se dégager d'une entourloupe, mais il faut voir dans quel état, dans quelles conditions.

Un qui pouvait le dire — à quel point Aloïs était l'homme des situations scabreuses ou tordues —, c'était bien le *sheriff* Cole Davier, de Chadwick. Cole Davier ne manquait pas une occasion de faire appel à ses services à la première occasion, de lui faire signe pour un coup de main — c'est-à-dire, bien sûr, quand Aloïs se trouvait dans les parages, à portée de voix. La plupart du temps, Aloïs était à portée de voix de n'importe qui hurlant assez fort et se trouvant à n'importe quel point de Chadwick d'où il était possible d'appeler quelqu'un en train de siroter le contenu d'une boîte de bière au drugstore. Ou alors il rôdait dans les collines et le long des rivières, ou sur ces chemins qui relient les fermes et les maisons de planches grises dispersées parmi les pineraies. A croire précisément que la seule bonne raison qui eût empêché Davier de s'adjoindre très officiellement Aloïs comme *deputy sheriff*, à la place de Daniels et George Melwing, se rapportait à ce côté non éligible de la personnalité de l'homme. Une population, dans sa majorité, peut fort bien supporter les extravagances marginales d'une sorte de bricoleur tous azimuts spécialisé dans les braconnages et les coups fourrés, et même trouver cela sympathique, il n'en demeure pas moins que ce genre d'individu est très vite baptisé « bon à rien » dès qu'on se pique à juger son cas « avec sérieux » : on ne vote donc pas pour lui.

Bref, c'était encore, à n'en pas douter, un coup tordu que celui-là, dans lequel avait plongé Aloïs, devant le nez duquel un type qui avait l'air complètement allumé avait agité une poignée de billets. Et même pas une grosse poignée. Deux ou trois petits billets, tout au plus.

Deux ou trois petits billets, pour Aloïs, cela restait deux ou trois petits billets.

Un coup tordu, sans doute, mais il en avait connu de pires, et dans lesquels on se retrouve comme au réveil d'une de ces cuites qui vous frappent d'amnésie partielle, assis sur une bombe dont la mèche est allumée. Alors...

Il n'eut pas besoin de beaucoup de temps pour admettre que ce type avait quelque chose de fêlé, ne comprenant pas la moitié de ce qu'il racontait, sinon qu'il voulait se rendre au V's Home d'Ozark. Et ne comprendre rien à la situation dans laquelle se trouvaient ce bavard hystérique et cette grande et forte fille muette, éternuante, toussante, qui l'accompagnait.

Aussi demanda-t-il l'argent avant de monter dans la voiture. Le gars le lui donna comme s'il vidait sa poche. Aloïs regretta de n'en avoir pas exigé davantage, mais à présent c'était trop tard.

Pendant une bonne partie du trajet, sur la route étroite et sinueuse, le jeune gars hirsute et excité continua de rabâcher son histoire — des bribes de son histoire — sur le ton de quelqu'un qui se force à crier pour empêcher sa voix de trembler (et n'empêche rien, néanmoins), ou pour s'obliger à ne pas pleurer.

Aloïs crut enfin saisir quelque chose dans le genre de : Tony Burden, ce monstre en liberté qui était la cause des événements actuels, avait volé une voiture qui appartenait à la fille, les avait pris en otages jusqu'ici, et ils voulaient récupérer cette voiture.

Quelque chose d'approchant.

Après quoi, l'autre se tut. Net. Comme si tout ce qu'il venait de cracher en avait fait une cosse vide et ratatinée.

Aloïs s'abstint de tout commentaire. Son savoir de chasseur lui avait enseigné aussi comment se mettre à la place de la proie, et deux ou trois attitudes qu'il mettait volontiers en pratique dans la vie des hommes. Comme se borner à exécuter ce que demande un rôle spécifique choisi, et rien d'autre, dans certaines circonstances. Il n'avait pas posé de question, ni d'ailleurs donné de réponse à celles, presque agressives, que lui avait lancées le guignol (des questions, par exemple, sur les positions de l'armée aux abords du V's Home). « Quelle armée ? » songeait Aloïs.

Son mutisme ordinaire ne l'empêchait

pas de penser. C'était tout au contraire la condition obligatoire pour qu'il puisse s'adonner à fond, au maximum de ses capacités, à cet exercice. Il avait donc pensé. Pensé et trituré mentalement cette histoire loufoque servie par l'autre. En fin de quoi, Aloïs se retrouvait incrédule comme si on était venu lui dire que des poissons-chats de quatre pieds n'attendaient que ses lignes dans la rivière.

Parce que Aloïs savait bien que « quelque chose » était en train de se passer dans le pays, mais quoi… A aucun moment, il n'avait eu sous les yeux la plus petite parcelle de preuve de ce qu'on racontait. La guerre ? Ça ne le dérangeait pas d'y croire, à condition qu'il vît — et en personne — de quoi ça avait l'air. Qu'un obus lui pète sous le nez, par exemple. Que des troupes envahissent la campagne et que des chars d'assaut traversent la rue de Chadwick.

Et Burden… Burden voleur de voiture pour revenir à Ozark, d'où il avait filé comme une flèche après cette histoire de Ab Cutty devenu cinglé, et après que des tas de bruits eurent couru sur Burden, propagés à l'origine par le *sheriff* en personne qui disait avoir reçu ces ordres d'en haut, et même qu'il placarda la photo de Burden en soldat sur le panneau des avis de recherche, etc. Aloïs avait connu Burden. Il l'avait croisé plusieurs fois au drugstore, comme à peu près tous les habitués de l'endroit, d'ailleurs. Il avait bu des bières avec lui. Il savait une chose : ce n'était pas un mauvais type, pas un méchant homme. On essayait sans doute de lui faire porter un sacré chapeau qu'il ne méritait pas. Il savait (Aloïs) une autre chose : c'est que si Burden s'était pointé, pendant cette période où tout le monde le recherchait (et en admettant qu'il soit assez con pour se repointer ici...), eh bien il aurait réfléchi à deux fois avant d'aller en dire un mot au *sheriff*. Et ç'aurait été un fameux effort de réflexion, vous pouvez le croire, compte tenu du montant de la prime offerte.

D'autre part, Aloïs avait vu comme les autres le conducteur de la Cad rose, et il n'avait pas reconnu Burden. Il avait remarqué une silhouette de vieillard barbu, sans plus. Une silhouette tassée, cassée. Alors que ce dont il se souvenait avec le plus d'acuité du personnage était tout l'inverse. Un type âgé, oui, mais droit comme un i, et qui le restait même après avoir englouti quinze bières ou davantage.

Bref (pensait Aloïs), cette histoire ne tenait guère debout, et le soi-disant Burden était probablement n'importe qui, sauf lui, un malicieux qui avait raconté des bobards — c'était possible —, à moins que le jeune gars hérissé ne se serve de ce nom et de cet appât pour faire courir la chasse. Aloïs était bien content d'avoir empoché le fric avant d'être monté dans la voiture. Il y avait quelque chose de tout à fait bizarre dans l'attitude de ce jeune et de la fille malade qui, elle, ne disait pas un mot, suivait le mouvement comme une droguée ; elle était là comme si elle crevait de trouille, à la botte du gamin.

Ça ne lui plaisait guère, en vérité, de rouler en compagnie de ces deux olibrius. Il ressentit un vrai soulagement lorsqu'ils arrivèrent à cet endroit où s'était dressé le garage de Cutty. La Cad rose était abandonnée au beau milieu de la route.

— Nom de Dieu ! rugit le jeune homme.

Et le voilà qui saute en dehors de la voiture, après avoir donné à la portière une poussée qui faillit bien l'arracher de ses gonds. Et le voilà qui court vers la bagnole rose, vide. Comme un vrai fou. Et Aloïs, ayant à peine fini de freiner, se retourne, le temps de voir la fille qui à son tour s'éjecte de sa voiture...

Des cinglés.

Alors, il fit un superbe demi-tour, en plein milieu de la route, et appuya sur l'accélérateur. Dans le rétro, il les vit tous les deux, qui montaient dans la Cad sans demander leur reste, le jeune au volant et qui démarrait alors que la fille achevait tout juste de s'engouffrer derrière, à peu près comme s'ils se fichaient complètement d'être conduits au V's Home, comme s'ils savaient désormais quelle direction prendre pour ça, ou pour Dieu sait où : de direction à prendre, il n'y en avait qu'une, de toute façon, il n'y avait pas trente-six routes.

— Eh ben, fit Aloïs entre ses dents.

Décidé maintenant à aller tout droit raconter ce qui venait de se passer à Cole Davier, le *sheriff,* s'il le trouvait quelque part.

Et il allait le trouver plus rapidement que prévu, non pas à Chadwick, mais sur cette route, roulant à tombeau ouvert en tête de file d'une colonne de quatre ou cinq voitures de curieux, comme toujours, il faillit même l'emboutir.

— Où qu'ils sont ? cria Davier par la portière.

Aloïs dit qu'ils avaient récupéré la Cad rose au « garage de Cutty », et qu'ils avaient continué par la route, vers le nord.

— Et Burden ? aboya Davier.

— J'ai jamais vu d' Burden depuis l' mois

d'août, dit Aloïs. Pas plus aujourd'hui qu' jamais.

— Viens avec nous, Aloïs, dit Davier. Qu'est-ce qu'ils t'ont raconté, les autres ?

— Des conneries, dit Aloïs.

Mais il les laissa passer et se joignit à eux, en queue de file.

*
**

Alors, Burden comprit qu'il avait fait tout cela pour rien. Et que peut-être, même, s'il avait tenté — et réussi ? — l'aventure auparavant, ç'aurait été de toute façon pour rien, probablement.

Il le comprit à l'instant où il émergea sur la crête de ce tertre couvert de pins étriqués, quand il aperçut la masse blanche des bâtiments du V's Home, à travers les branches des pins : ceux de la colline et ceux du parc qui entourait l'institution. Il le comprit au silence pesant et gris, froid, que rien ne troublait, à l'absence de toute présence militaire ou autre visible, et pourtant, il s'était presque attendu à devoir affronter un bataillon de protection. Ce silence bien particulier qui pèse dix fois plus qu'un silence ordinaire, sur les endroits que les hommes ont abandonnés après y avoir bourdonné comme une ruche.

Comprit.

Le V's Home n'existait donc plus. C'était ce qu'ils avaient décidé, de cette façon-là qu'ils s'étaient résignés à reboucher le cratère du volcan...

Burden était à peine essoufflé par sa course à travers près et coteaux. Mais brusquement, il ressentit une grande, très grande, une énorme fatigue. Quelque chose qui plombait ses veines, ses muscles, et même ses pensées curieusement éparpillées. Il ressentit également l'urgence.

L'urgence de ne pas rester là, à une centaine de mètres seulement du but, même si le but était devenu n'importe quoi, ce qu'on avait voulu qu'il devienne.

Il dévala la pente en courant, tenant son fusil à deux mains.

Il traversa le parc vide, dans lequel les herbes des pelouses n'avaient plus été coupées depuis longtemps, où des gazons croissaient parmi les graviers ternes des allées. Où les bancs, sur lesquels les pensionnaires du lieu se reposaient en ressassant leurs souvenirs, avaient disparu.

Et sur le bâtiment, plus une seule trace qui eût pu encore le nommer, ou désigner sa fonction première. Le grand panneau au-dessus du portail du parc — V's HOME

OZARK —, envolé comme celui de la façade.

Burden poussa la porte. Elle n'était même pas fermée... Il entra.

Planté dans le hall, il n'avait pas fait trois pas avant que le malaise gigantesque ne s'abatte. Comme un pan véritable de son passé, mais un pan *vide.* Comme l'effroyable douleur qui brûle un membre amputé. Et ce n'était pas de l'amputation d'un seul et simple membre que souffrait Burden, car se retrouvant là, il avait été sabré tout entier, non seulement lui, mais les autres également, les dizaines, les centaines d'autres qui avaient partagé sa vie en cet endroit, quelque part dans le temps, à peine cinq mois auparavant.

— Qu'est-ce qu'ils sont devenus ? dit-il à haute voix.

La question rebondit contre les murs vides. Elle rebondit dans la tête de Burden et ne le lâcha plus. C'était la seule question possible, la dernière qu'il fût encore capable de se poser.

Il comprit ce qu'il allait faire sans y avoir réfléchi — sa seule réflexion, désormais, tournait autour de la question —, quand il s'aperçut qu'il tenait en main son briquet allumé, sous les rideaux toujours pendus aux fenêtres, qu'*ils* n'avaient pas jugé utile d'emporter, puis sous les stores de matière plastique...

*
**

Puis il se retourna, tomba à genoux d'abord, à plat ventre ensuite. Très vite, la terre fraîche recouverte d'aiguilles de pins insinua sa fraîcheur à travers ses vêtements.

Il voulait voir au moins cela.

Et pourtant n'en eut pas le loisir.

Mais il vit arriver la Cad rose ; il vit la voiture qui freinait et s'immobilisait sur le bord de la route. Il vit ce pauvre couillon de Divirtt qui en jaillissait, qui faisait quatre ou cinq pas en direction du parc, qui s'immobilisait sous le portail béant et regardait la fumée. La fumée en grosses volutes noires qui commençait de s'échapper des portes ouvertes et des fenêtres aux carreaux brisés, grimpait le long de la façade de planches blêmes... puis les premières flammes.

Il regardait Divirtt, immobile, dont la tête hérissée disparaissait derrière le point de mire de son fusil. Dans sa tête, la question tourbillonnait toujours : que sont-ils devenus ? Comment ont-« ils » pu se débarrasser de tous ces pauvres types ? Comment les ont-« ils » fait disparaître ?

Pas de traces…

Et songeant, sur le point de presser la détente, pour sa propre sécurité : *pas de trace.*

Et se disant : « Morgansen, espèce de salaud de toubib, où es-tu passé ? »

Alors, la Cad démarra brusquement, ses roues arrachant la poussière froide aplatie sur le bord de la route. La voiture fonça, comme un boulet. Deux secondes après, elle roulait vers le nord ; dix secondes plus tard, elle avait disparu aux yeux de Burden.

Il étouffa une bouffée de rire, en voyant Divirtt qui dansait sur place, après avoir essayé de courir derrière la Cad. Il l'entendait gueuler des insultes à l'adresse de cette malheureuse Helen Cuire, « ennemie » égarée dans les lignes adverses, et qui avait décidé de tenter le tout pour le tout, qui fonçait, toussant certainement comme une damnée, vers dieu sait quels nouveaux ennuis…

Il n'appuya pas sur la détente. Plus la peine.

Il reconnut la voiture du *sheriff* de Chadwick, quand elle déboucha à son tour, la première d'une colonne de cinq ou six autres, alors que cette fois les flammes avaient gagné sur la fumée et crachaient par les fenêtres leur férocité grondante.

Cette voiture du *sheriff*, au moins, il s'en souvenait, il la retrouvait telle qu'il se la rappelait — on ne l'avait pas effacée —, et la silhouette de Cole Davier également, qui en descendit, et les autres avec lui, qui cernèrent Divirtt en train de gesticuler...

Il jugea que c'était suffisant, que c'était une sorte de point valable à mettre au bout de ce paragraphe de l'équipée. Ne tenait pas à ce qu'il s'agît d'un point final, en ce qui le concernait.

Il rampa sur les coudes et les genoux, en arrière. Jusqu'à ne plus les voir, ne plus les entendre ; juste sentir plein les narines l'odeur de l'incendie dont la fumée cachait maintenant une grande partie du ciel.

Alors, il se redressa, il passa la bretelle du fusil à son épaule et se mit à courir au petit trot. Vers le nord, lui aussi.

La seule direction à prendre. Là où, peut-être, quelque part — allez savoir où, et comment le savoir vraiment, et comment le trouver —, se trouvait le vrai fauteur de troubles, le semeur de tempêtes, coupable de son malheur et de celui qui frappait le Sud : un certain docteur Morgansen.

Peut-être un fantôme.

DÉJA PARUS DANS LA MÊME COLLECTION

1535.	*Le réveil de la forteresse*	K.-H. Scheer
1536.	*Les ambulances du rêve (Animamea-1)*	Richard Canal
1537.	*Opération « serrures carnivores »*	Serge Brussolo
1538.	*Le labyrinthe d'Eysal*	K.-H. Scheer et Clark Darlton
1539.	*Les portes de l'Enfer (Les Dossiers Maudits-2)*	Piet Legay
1540.	*La Famille*	P.-J. Hérault
1541.	*Les montagnes affamées (La Compagnie des Glaces-32)*	G.-J. Arnaud
1542.	*Le rideau de glace*	Alain Billy
1543.	*Je souffre pour vous...*	Christopher Stork
1544.	*L'Univers-Ombre*	Michel Jeury
1545.	*Lointaine Etoile*	Maurice Limat
1546.	*La longue errance*	G. Morris
1547.	*Captifs de Corvus (Cycle Alex Courville-8)*	Pierre Barbet
1548.	*Un homme est venu... *** Les guerriers*	Hugues Douriaux
1549.	*Le sceau des Antarcidès (Chroniques d'Antarcie-3)*	Alain Paris
1550.	*Les Sirènes d'Almadia (Les pirates de l'espace-3)*	Philippe Randa
1551.	*La nuit du venin*	Serge Brussolo
1552.	*La prodigieuse agonie (La Compagnie des Glaces-33)*	G.-J. Arnaud
1553.	*Alabama. Un. Neuf. Neuf. Six.*	Pierre Pelot
1554.	*La légende étoilée (Animamea-2)*	Richard Canal
1555.	*Le souffle de cristal (Le Jeu de la Trame-3)*	Sylviane Corgiat et Bruno Lecigne
1556.	*Une si jolie petite planète*	Christopher Stork
1557.	*Un temps pour la guerre*	Frank Dartal
1558.	*Le dernier témoin (Les Dossiers Maudits-3)*	Piet Legay
1559.	*Le Sixième Sumbiote*	Dan Dastier
1560.	*Un Reich de 1 000 ans (Cycle Setni-Enquêteur Temporel-8)*	Pierre Barbet

1561. *Le chariot de Thalia*
(Service de Surveillance des Planètes Primitives-9) Jean-Pierre Garen
1562. *Sergent-pilote Gurvan*
(Durée des équipages : 61 missions...-1) P.-J. Hérault
1563. *Soleil pourpre, soleil noir*
(Les flammes de la nuit-4) Michel Pagel
1564. *Le commencement de la fin* G. Morris
1565. *Sécession bis* Pierre Pelot

VIENT DE PARAÎTRE :

Phil Laramie *Les squales de la cité engloutie*
(Les Akantor-3)

A PARAÎTRE :

Serge Brussolo *Les animaux funèbres*

Achevé d'imprimer en juillet 1987
sur les presses de l'Imprimerie Bussière
à Saint-Amand (Cher)

— N° d'impression : 1613. —
Dépôt légal : Août 1987.
Imprimé en France

E. Septembre 87

PUBLICATION MENSUELLE